TABEA BACH

Weihnachten in der Rosenholzvilla

Weitere Titel der Autorin:

Die Kamelien-Insel
Die Frauen der Kamelien-Insel
Winterliebe auf der Kamelien-Insel
Heimkehr auf die Kamelien-Insel

Die Seidenvilla
Im Glanz der Seidenvilla
Das Vermächtnis der Seidenvilla
Weihnachten in der Seidenvilla

Sonne über dem Salzgarten
Himmel über dem Salzgarten
Weihnachtszauber im Salzgarten
Sterne über dem Salzgarten

Die Rosenholzvilla
Das Versprechen der Rosenholzvilla
Weihnachten in der Rosenholzvilla
Entscheidung in der Rosenholzvilla

Über die Autorin:

Tabea Bach war Operndramaturgin, bevor sie sich dem Schreiben widmete. Ihre Romanreihen sind Bestseller und in verschiedene Sprachen übersetzt. Ihr Studium führte sie nach München und Florenz. Heute lebt sie mit ihrem Mann in einem idyllischen Dorf im Schwarzwald. Ihre KAMELIEN-INSEL-Saga führt uns in die Bretagne. In den SEIDENVILLA-Romanen wechselt der Schauplatz zu einer Seidenweberei in Venetien. Die SALZGARTEN-Reihe hat als Kulisse die Kanarischen Inseln. Ihre ROSENHOLZVILLA-Romane handeln von einer Instrumentenbauerfamilie im Tessin.

Tabea Bach

Weihnachten in der Rosenholzvilla

Eine Geschichte im Tessin

Lübbe

Die Bastei Lübbe AG verfolgt eine nachhaltige Buchproduktion. Wir verwenden Papiere aus nachhaltiger Forstwirtschaft und verzichten darauf, Bücher einzeln in Folie zu verpacken. Wir stellen unsere Bücher in Deutschland und Europa (EU) her und arbeiten mit den Druckereien kontinuierlich an einer positiven Ökobilanz.

Originalausgabe

Lektorat: Melanie Blank-Schröder
Textredaktion: Marion Labonte, Labontext
Umschlaggestaltung: www.buerosued.de
Einband-/Umschlagmotiv: © Mark Owen/Trevillion Images; © www.buerosued.de
Satz: hanseatenSatz-bremen, Bremen
Gesetzt aus der Adobe Garamond Pro
Druck und Verarbeitung: GGP Media GmbH, Pößneck

Printed in Germany
ISBN 978-3-404-19389-9

2 4 5 3

Sie finden uns im Internet unter:
luebbe.de
Bitte beachten Sie auch: lesejury.de

Berge kommen nicht zusammen, aber Menschen.
Sprichwort aus Israel

1
Der erste Gast

Der Regen prasselte auf das Dach der alten Mühle, als Elisa erwachte. Das gleichmäßig plätschernde Geräusch vermischte sich mit dem Rauschen des Mühlbachs, der in den letzten Tagen angeschwollen und über die Ufer getreten war, sodass ihre Lieblingsbank nasse Füße bekommen hatte. Rasch schloss Elisa wieder die Augen und kuschelte sich dicht an Danilo, der neben ihr friedlich schlummerte.

Es regnete seit Tagen, dabei war das überhaupt nicht typisch für das Tessin, die »Sonnenstube der Schweiz«, in der auch im Winter meist die Sonne schien und sich der Himmel mit seinem schönsten Blau schmückte. Aber in diesem Jahr war alles anders.

Danilo murmelte etwas im Schlaf und drehte sich ein wenig mehr zu ihr. Elisas Herz floss beinahe über vor Zärtlichkeit und Liebe, und am liebsten hätte sie den ganzen Tag in seinen Armen verbracht. Doch das ging nicht. An diesem Sonntagmorgen erwartete die Rosenholzvilla ihren ersten Gast, ausgerechnet drei Tage vor Weihnachten.

Sie sah auf das Display ihres Handys auf dem Nachttisch

und war schlagartig hellwach. Es war schon kurz nach neun. Wenn sie nicht wollte, dass der Musiker vor verschlossenen Türen stand, musste sie sich beeilen. Elisa kannte noch nicht einmal seinen Namen. Aber vielleicht hatte Alexander Hilbour, der ehemalige Manager ihres Großvaters und nun Vorsitzender der Auswahlkommission der Niklas-Eschbach-Stiftung, ihr inzwischen eine Nachricht geschickt? Fehlanzeige. Elisa legte das Handy weg und stand auf.

Es war für alle eine Riesenüberraschung gewesen, als Niklas Eschbach nach seinem Tod im vergangenen Sommer testamentarisch verfügt hatte, dass sein Anwesen samt Vermögen einer neu gegründeten Stiftung zugutekommen sollte. Damit wollte der berühmte Dirigent Musiker unterstützen, die durch eine schwere Krankheit aus ihrem Berufsleben gerissen wurden. Zum einen finanziell, denn viele Künstler sahen sich vor existentiellen Schwierigkeiten, wenn sie nicht mehr auftreten konnten. Zum anderen sollte die Rosenholzvilla ein Ort werden, an dem sich Musiker erholen konnten, um so bald wie möglich wieder ihren Beruf ausüben zu können. Und in weniger als einer Stunde würde der erste eintreffen.

Elisa duschte kurz und schlüpfte in ihre Kleider. Tuschte ihre Wimpern – für mehr blieb keine Zeit. Sie schnappte ihre Handtasche, packte ihre Geldbörse hinein und prüfte, ob sie auch die Schlüssel zur Villa eingesteckt hatte. Als sie das Handy nahm, sah sie, dass sie einen Anruf ihrer Mutter Anna verpasst hatte – sie würde sie später zurückrufen. Für ein Frühstück reichte es nicht mehr, sie hatte eindeutig zu lange geschlafen.

Sie rannte die Treppe hinunter und griff nach ihrem Schirm. Aus der Erdgeschosswohnung, in der ihre Freundin Cosma wohnte, war nichts zu hören. Entweder schlief auch sie noch, oder sie war bereits unterwegs zu einem ihrer vierbeinigen Patienten, denn Cosma war Tierärztin und hatte in den früheren Stallungen der alten Mühle ein privates Hundeasyl eingerichtet. Von dort drang fröhliches Gebell, als Elisa durch den Regen zu ihrem himbeerfarbenen Cinquecento hastete. Eilig wendete sie den Wagen und fuhr aus dem Hof.

Vor seinem Tod hatte ihr Großvater mit keinem Wort erwähnt, dass er vorhatte, eine Stiftung zu gründen, und vor allem Anna, Elisas Mutter, hatte ihm das zunächst ziemlich übel genommen. Doch im Grunde war seine Entscheidung absolut folgerichtig gewesen, dachte Elisa, während sie den Cinquecento die gewundene Straße hinuntersteuerte. Denn Niklas Eschbach hatte nach mehreren Schlaganfällen am eigenen Leib erfahren müssen, wie schwierig es war, wenn eine Krankheit die Arbeit unmöglich machte. Dass er sein stattliches Vermögen anderen Künstlern zugutekommen lassen wollte, fand Elisa großartig.

Denn auch sie wusste, wie es war, mitten in einer vielversprechenden Karriere aus der Bahn geworfen zu werden. In ihrer Jugend hatte sie als Wunderkind am Cello gegolten, doch im Alter von sechzehn Jahren erlitt sie ausgerechnet während ihres bislang wichtigsten Konzerts einen Hörausfall, der sie vollkommen aus der Bahn geworfen hatte. Danach hatte sie ihre Profilaufbahn bis heute nicht wieder aufgenommen. Noch nicht, sagte sie sich, als sie bei Mendrisio auf die Autobahn einbog. Denn inzwischen hatte sie dank Danilo zur Musik zurückgefunden.

Sie brauchte eine gute halbe Stunde von der alten Mühle an der Flanke des Monte San Giorgio bis zu dem Dorf Morione hoch über dem Luganer See. Die Lage der Villa an den Hängen des Monte Arbòstora war einzigartig und der Park, in dessen Rosengarten Niklas Eschbach seine letzte Ruhestätte gefunden hatte, von zauberhafter Schönheit. Elisa fand, dass sich jeder glücklich schätzen konnte, der hier eine Weile leben durfte.

Es war zehn vor zehn, als Elisa durch das schmiedeeiserne Tor des Anwesens fuhr. Sie hatte Serafina, der Perle des Hauses, für diesen Tag freigegeben, denn nach Ankunft des Gastes würde die Haushälterin auch über die Weihnachtsfeiertage im Einsatz sein. Elisa seufzte. Keiner hatte damit gerechnet, dass der Musiker tatsächlich noch in den letzten Tagen des alten Jahres herkommen würde. Wer wollte Weihnachten schon allein in einer unbekannten Villa verbringen, egal wie schön sie war? Elisa schüttelte einmal mehr den Kopf darüber. Sie eilte die fünf Stufen der geschwungenen Freitreppe zum Portal hinauf, deren steinerne Balustraden am unteren Ende in einer Schneckenform ausliefen wie der Hals einer Geige. Denn die Villa war einst der Familiensitz der Geigenbaumanufaktur Fasetti gewesen, die seit Generationen Streichinstrumente herstellte. Heute leitete Danilo, Elisas Lebensgefährte, die Werkstatt, die sich samt einem einfachen Wohnhaus unterhalb des Parks befand. Ein wunderschöner Hain aus Rosenholzbäumen säumte den Fußweg dorthin, die der Villa ihren Namen gegeben hatten.

Elisa schloss die mächtige Eingangstür auf und betrat das Vestibül. Gedämpftes Licht fiel durch die Fenster, streifte den aus verschiedenfarbigen Terrakottafliesen gestalteten Fußboden und zauberte Lichtreflexe auf die Einlegearbeiten aus Rosenholz im Geländer der Treppe, die in den ersten Stock führte. Dort hinauf eilte sie nun, um in dem Zimmer, das für den Gast bereits hergerichtet worden war, die Fenster zu öffnen und frische Luft hereinzulassen, denn der Regen hatte gerade nachgelassen.

Elisa sah sich um. Serafina hatte alles perfekt vorbereitet. Es war der schönste der Räume, mit Blick über das Dorf hinweg auf den See, der nun unter den zaghaft zwischen den Wolken hervorblitzenden Sonnenstrahlen aufleuchtete wie flüssiges Aquamarin. Die Blätter der Palmen vor den Fenstern schienen glitzernde Diamanten zu versprühen, und die eben noch so tristen Wolken leuchteten in einem intensiven Blauviolett auf.

Elisa wandte sich vom Fenster ab und ließ ihren Blick über die Einrichtung gleiten. Auf dem Tisch stand in einer Vase ein Kamelienzweig mit drei großen weißen Blüten, Serafina musste diesen wunderschönen Winterblüher im Park geschnitten haben, und Elisa freute sich, wie liebevoll die junge Italienerin sich ihrer neuen Aufgabe widmete. Sie hatte Elisas Großvater viele Jahre lang den Haushalt geführt und war nun von der Stiftung in dieser Position eingestellt worden. Elisa war noch auf der Suche nach einem Hausmeister, außerdem vermisste sie schmerzlich Amadou Botta, den senegalesischen Physiotherapeuten, der Niklas Eschbach so großartig betreut hatte. Er war nach dessen Tod in seine Heimat gereist, weil er sich um seine Familie kümmern musste. Und obwohl er sich jetzt schon seit Monaten nicht mehr gemeldet hatte, hoffte Elisa noch immer, dass er eines Tages zurückkommen und die ihm angebotene Stellung in der Stiftung annehmen würde. Auch um ihrer Freundin Cosma willen, mit der er zusammen gewesen war und die unter der Trennung litt.

Erneut warf Elisa einen Blick auf ihr Handy, aber von Alexander war noch immer keine Nachricht eingetroffen. Und da hörte sie auch schon das Nahen eines Automotors. Als sie das Fenster schloss, sah sie, wie ein Taxi in die Einfahrt rollte und neben ihrem Fiat zum Stehen kam. Rasch verließ sie das Zimmer und eilte hinunter ins Foyer.

Der Mann stand mit dem Rücken zu ihr, als sie auf die Schwelle der Rosenholzvilla trat, und gab dem Taxifahrer mit einem leicht französischen Akzent Anweisungen. Seine rechte Hand steckte in einem festen Verband. Als er sich umwandte, stockte Elisa der Atem. Mit allem hätte sie gerechnet. Aber nicht mit Adrien Dufois, ihrem größten Konkurrenten aus der Zeit, als sie an ihrem Cello noch als Elisa Maria Eschbach die Bühnen dieser Welt erobert hatte.

»Oh nein«, entfuhr es ihr leise, und an seinem entsetzten Gesichtsausdruck war deutlich zu sehen, dass sich der Gast ebenso wenig über ihren Anblick freute wie sie sich über seinen. Doch sie riss sich zusammen. »Herzlich willkommen«, sagte sie gefasst. »*Bienvenu,* Adrien.«

»Was machst *du* denn hier?«, stieß er fast gleichzeitig hervor.

Elisa holte tief Luft. Offenbar hatte Adrien noch immer keine Manieren. Und schon stand ihr alles wieder vor Augen.

Die Begegnungen mit ihm bei den internationalen Wettbewerben, zu denen sie damals gegeneinander angetreten waren. Wie unfair er sich viele Male verhalten hatte. Hinter ihrem Rücken hatte er über sie gelästert und behauptet, sie wäre nur deshalb so erfolgreich, weil sie die Enkelin des berühmten Niklas Eschbach war, in Wahrheit wäre sie gar nicht so gut. Und als ihr während eines Wettbewerbs zweimal dieselbe Saite gerissen war und sie keinen Ersatz mehr hatte, da hatte er sich doch tatsächlich geweigert, ihr auszuhelfen – und so was tat man unter Musikern einfach nicht. Die Saite hatte ihr eine andere Mitbewerberin geliehen, und auf diese Weise hatte Elisa den Wettbewerb trotzdem gewonnen und damit wieder einmal Adrien auf den zweiten Platz verwiesen, was ihn unsagbar geärgert hatte. So war das bis zu jenem Tag gewesen, an dem sie während eines Konzerts in der New Yorker Carnegie Hall vor einem Publikum aus internationalen Kritikern und Vertretern von Schallplattenlabels, ja, sogar vor dem amerikanischen Präsidenten samt der First Lady versagt hatte. Danach war sie nie wieder aufgetreten. Dass ihr Großvater ihr geliebtes Cello ausgerechnet an Adrien Dufois verkauft hatte, erfuhr sie erst später. Vermutlich war es genau das Cello, das der Taxifahrer gerade aus dem Kofferraum hob.

»Danke für die nette Begrüßung«, gab Elisa reserviert zurück. Du lieber Himmel, dachte sie. Dieser schreckliche Mensch soll hier wochen-, wenn nicht monatelang leben? »Ich bin die Vorsitzende der Niklas-Eschbach-Stiftung und heiße dich in dieser Funktion willkommen. Bitte tritt ein.« Verärgert drehte sie sich auf dem Absatz um und ging ins Foyer. »Dein

Zimmer befindet sich im ersten Stock. Wenn du mir folgen möchtest …« Ohne sich umzusehen, stieg sie die Treppe hinauf. Und doch, mit jedem Schritt verflog ihre Wut. Schließlich lag die Zeit, in der sie erbitterte Konkurrenten gewesen waren, lange zurück. Siebzehn Jahre waren inzwischen vergangen. Und sich ihrer Rolle als Gastgeberin erinnernd und daran, dass Adrien offensichtlich an der Hand verletzt war, hielt sie inne.

Doch Adrien Dufois folgte ihr gar nicht. Er stand im Foyer und sah aus wie ein Tourist, der sich verlaufen hatte. Plötzlich wandte er sich abrupt um und verließ die Villa.

Einen Moment lang hoffte Elisa tatsächlich, er würde sich wieder ins Taxi setzen und abreisen. Dann schalt sie sich. Welches Licht würde es auf die noch junge Stiftung werfen, wenn gleich der erste Gast das Handtuch warf? Sie eilte die Treppe hinunter und sah gerade noch, wie das Taxi durch das Tor fuhr und verschwand. Adrien musste allerdings noch hier sein, denn vor der Freitreppe stand sein Gepäck samt dem Cellokoffer. Wo mochte er stecken?

Die Pforte zum Garten war offen. Als Elisa näher trat, sah sie Adrien Dufois in der Haltung eines trotzigen Kindes mitten im Rosengarten stehen. Mit seiner bandagierten Hand wirkte er irgendwie hilflos, und Elisa beschloss, ihn zunächst einfach in Ruhe zu lassen.

Sie ging in die Küche, um Kaffee zu kochen. Auf nüchternen Magen war dieser Mensch einfach nicht zu ertragen, und so holte sie Serafinas Gebäckdose aus der Vorratskammer. Während sich das Wasser in der Kaffeemaschine blubbernd erhitzte, knabberte sie an einem Keks und spähte durch das

Fenster in den Park. Adrien ging zwischen den Rosen, von denen auch jetzt noch ein paar Sträucher Blüten trugen, auf und ab, als überlegte er, was er tun sollte.

Auf einmal begann es erneut heftig zu regnen. Ohne lange zu überlegen, lief Elisa ins Foyer, nahm zu ihrem eigenen Schirm noch einen zweiten von der Garderobe und eilte hinaus in den Park. Statt zurück zur Villa war Adrien weiter zu dem Becken mit den Kois gestapft, hatte sich den Kragen seines Wintermantels hochgeschlagen und starrte auf die Wasseroberfläche, auf der die Regentropfen Blasen warfen.

»Hier«, sagte Elisa und reichte ihm den Schirm. »Besser wir gehen rein.«

»Wenn ich gewusst hätte, dass du hier bist …« Adrien ließ den Satz unbeendet.

»Was dann?«, gab sie zurück. »Wärst du nicht gekommen?«

»Natürlich nicht.«

»Du bist selbstverständlich nicht gezwungen hierzubleiben«, sagte Elisa so freundlich wie möglich. »Wir haben viele Bewerbungen, und ein anderer freut sich sicher, wenn er nachrücken darf.«

Adrien starrte sie böse an. Dann nahm er endlich den Schirm, spannte ihn auf und ging zurück zur Villa. »Ist hier denn keiner, der einem die Sachen trägt?«, fuhr er sie an, als sie vor der Freitreppe standen.

Elisa ignorierte ihn und griff nach dem Cellokoffer. Bis sie einen verlässlichen Hausmeister gefunden hatten, würden sie und Serafina diese Aufgaben schon meistern. Dennoch fühlte Elisa einen Stich in der Herzgegend, als sie das vertraute

Gewicht ihres alten Cellos fühlte. Sie biss die Zähne zusammen, nahm Adriens Reisetasche in die andere Hand und ging damit ins Haus.

Wegen der zu erwartenden Handicaps ihrer Gäste hatte die Stiftung einige Umbauten an der Villa vorgenommen, und Elisa war dankbar für den neuen Aufzug, vor dessen Tür sie das Gepäck nun abstellte. Wortlos half sie Adrien aus seinem durchnässten Wintermantel und suchte unter den bequemen Hausschuhen, die in einer Kommode auf die Gäste warteten, die passende Größe heraus. Während Adrien mit der Linken umständlich seine Schuhbändel aufnestelte, hätte sie ihn gerne gefragt, was ihm fehlte, und doch konnte sie es sich angesichts seiner bandagierten Hand denken. Es kam leider allzu häufig vor, dass Cellisten Probleme mit der rechten Daumensehne bekamen, denn beim Führen des Bogens musste dieser Finger unnatürlich abgewinkelt werden und den Druck des Bogens auf die Saiten regulieren. Das war anstrengend und auf die Dauer belastend. Auch wenn sie Adrien nicht leiden konnte – eine solche Verletzung wünschte sie keinem Cellisten.

Sie führte ihn in den großen Saal im Erdgeschoss mit dem Konzertflügel, Niklas' früheres Musikzimmer, das nun allen Gästen zur Verfügung stand, wies ihn auf die Bücherregale hin, an denen er sich bedienen konnte. Dann zeigte sie ihm die Küche und die Mahlzeiten im Kühlschrank, die Serafina für diesen Tag vorbereitet hatte und die er in der Mikrowelle aufwärmen konnte. »Möchtest du eine Tasse Kaffee mit auf ein Zimmer nehmen?«, fragte sie.

»Wer hätte je gedacht, dass Elisa Maria Eschbach mir

einmal den Kaffee kochen würde?«, gab Adrien provokant zurück.

Elisa beschloss, auch diese Bemerkung zu ignorieren, nahm ein Tablett und stellte Kaffee, Milch und Zucker darauf. »Ab morgen wird unsere Haushälterin wieder hier sein und sich um dich kümmern«, sagte sie so würdevoll wie möglich und griff nach dem Tablett. »Und nun komm, ich zeig dir dein Zimmer. Danach kannst du dich in Ruhe eingewöhnen.« Ihren Ärger mühsam niederkämpfend ging sie hinaus ins Foyer.

»Wann beginnen überhaupt die Behandlungen?« Adrien sah sich vorwurfsvoll um. Hatte er erwartet, dass sich ein ganzer Stab an Personal um ihn kümmern würde?

»Die Physiotherapeutin beginnt Anfang Januar mit ihrer Arbeit.« Adrien runzelte unwillig die Stirn, und Elisa merkte, wie ihre Geduld langsam schwand. »Du kannst froh sein, dass wir dich jetzt schon aufgenommen haben. Schließlich möchte jeder vernünftige Mensch an Weihnachten zu Hause sein, oder nicht?« Sie biss sich auf die Zunge. Jetzt hatte sie sich doch aus der Reserve locken lassen. Und als sie sah, welche Wirkung ihre Worte auf Adrien hatte, bereute sie sie auf der Stelle.

Er war bleich geworden und hatte den Blick gesenkt. Seine Augenlider röteten sich, und sein arrogantes Gesicht schien plötzlich gealtert. »So wird es wohl sein«, sagte er leise. »Dann bin ich mal gespannt, in welchem Loch du mich untergebracht hast.«

Ob Adrien Dufois registrierte, dass es alles andere als ein »Loch« war, das ihm für die kommende Zeit zur Verfügung gestellt wurde, zeigte er nicht, und Elisa erwartete das auch gar nicht mehr. Sie stellte das Tablett auf den Tisch und ging, das Gepäck mit dem Aufzug hochzuholen. »Hast du alles, was du brauchst?«, fragte sie.

Adrien stand am Fenster und streckte ihr den Rücken zu. »Klar«, sagte er in gleichgültigem Ton.

Sie legte einen Schlüssel für das Eingangsportal auf den Tisch und vergewisserte sich, dass der zu seinem Zimmer im Schloss steckte. »Bitte schließ die Fenster, ehe du ausgehst und …«

»… mach auch sonst nichts kaputt«, äffte er sie nach und wandte sich zu ihr um. Im Gegenlicht konnte sie seinen Gesichtsausdruck nicht erkennen, aber das war auch nicht notwendig. »Schon verstanden«, fuhr er fort. »Ich wäre dann jetzt gern allein.«

»Ich kann es einfach nicht fassen!« Irgendwie musste Elisa ihrem Ärger Luft machen. Sie hatte den Fiat im Hof der alten Mühle geparkt und auf der Stelle Alexander Hilbours Nummer gewählt. »Wieso hast du mich nicht vorgewarnt?«

»Ich versteh auch nicht, warum du meine E-Mail nicht erhalten hast«, gab Alexander zurück. »Vielleicht hat Helen vergessen, sie abzusenden.«

»Es ist Adrien Dufois!«, entgegnete sie empört.

»Ja, das weiß ich doch.« Alexander klang irritiert. »Wieso regst du dich denn so auf?«

»Warum ich mich aufrege? Weil er der arroganteste Blödmann unter der Sonne ist«, rief sie. »Unsere Stiftung ist nicht dafür da, aufgeblasenen Egos einen schönen Lenz zu machen, die das noch nicht einmal zu schätzen wissen.« Sie schöpfte Atem und lehnte sich in ihrem Autositz zurück. Aus dem Hundehaus ertönte Gebell, und Cosma erschien in der Tür, einen leeren Hundefutter-Sack in der Hand. »Hörst du mir überhaupt zu?«

»Natürlich höre ich dir zu«, sagte Alexander. »Ich bin nur überrascht und frage mich, was er getan hat, um unsere liebe, sanfte Elisa dermaßen auf die Palme zu bringen.«

Elisa atmete geräuschvoll aus. »Er hat sich kein bisschen verändert.«

»Du kennst ihn von früher?«, hörte sie Alexander sagen. »Ach, jetzt erinnere ich mich. Stimmt! Ihr wart damals nicht die besten Freunde.«

»Er war der unkollegialste, unfairste und unverschämteste Mensch, der mir je begegnet ist! Und das ist er immer noch.«

»Elisa«, unterbrach Alexander sie geduldig. »Du warst die Nummer eins und das hast du in zahlreichen Wettbewerben bewiesen. Adrien Dufois konnte dir nie das Wasser reichen und er weiß das auch. Und falls es dich tröstet: Es geht ihm heute hundsmiserabel. Die Operation an seiner Daumensehne ist möglicherweise schiefgelaufen, kann gut sein, dass er nie wieder einen Cellobogen führen kann. Außerdem läuft es bei ihm auch privat nicht besonders gut. Also sieh es ihm nach, wenn er ein wenig ruppig ist …«

»Ein wenig ruppig?«, fiel ihm Elisa ins Wort. »Ich sag dir eines: Er wird uns alle tyrannisieren. Und mein Großvater hat die Stiftung nicht ins Leben gerufen, damit …«

»Entschuldige, Elisa, aber Niklas hat keinen Benimmtest

zur Auflage gemacht. Erinnere dich, auch er konnte mitunter schwierig sein.«

»Aber …«

»Was soll ich deiner Meinung nach tun?« Alexander klang nun ungewohnt streng. »Ihn wegschicken? Nein, Elisa. Adrien war mit seiner Hand schon bei allen Spezialisten. Letzte Woche ist er zum dritten Mal operiert worden. Was er jetzt braucht, ist Erholung.«

»Und wieso erholt er sich nicht zu Hause und kommt nach den Feiertagen, wie die anderen auch?«

»Weil er kein Zuhause hat.«

Elisa stockte. »Du machst Witze!«

»Nein, Elisa. Eigentlich wollte ich es dir nicht erzählen, weil das seine Privatsache ist. Aber da du nun mal so aufgeregt bist … Seine Frau hat ihn rausgeworfen, die Scheidung ist längst eingereicht. Er steht buchstäblich auf der Straße. Seine Karriere scheint beendet, seit Monaten ist er ohne Einkommen. Alles, was er noch hat, ist das Cello.«

Mein Cello, vermerkte eine kindische Stimme in ihr. Doch das Mitgefühl, das nun in Elisa aufwallte, überwog ihren Groll.

»Also versuch einfach großzügig zu sein«, fuhr Alexander fort. »Das fällt dir doch auch sonst nicht so schwer. Und wenn du ihn wirklich immer noch so hasst, dann tröste dich damit, wie elend es ihm jetzt geht.«

»Nein, das … das tut mir wirklich leid für ihn«, sagte sie kleinlaut.

»Weißt du, es wird vermutlich nicht immer die reine Freude sein mit all den versehrten Musikern, die in die Villa kommen werden.« Alexander klang auf einmal müde. »Die meisten haben ein riesiges Ego, und das ist mächtig angeknackst, jetzt, da sie krank sind. Aber denk bitte daran, wie es anfangs mit Niklas war, nachdem er aus der Klinik entlassen wurde. War er damals nicht auch schwierig?«

»Du hast recht«, erklärte Elisa mit einem Seufzer. »Er war furchtbar.«

»Aber er war dein Großvater. Jetzt musst du dein Herz eben auch für die fremden Nervensägen öffnen.«

»Ich versuch es.« Sie beobachtete, wie Cosma, beladen mit einem vollen Sack Trockenfutter, das Hundehaus wieder betrat. Gerade noch rechtzeitig, denn sogleich setzte erneut ein heftiger Schauer ein.

»Jetzt mach dir mal keine allzu großen Sorgen«, sagte Alexander. »An Weihnachten wird sich Adrien schon zu benehmen wissen.«

Elisa hielt kurz den Atem an. »Müssen wir ihn etwa einladen? An Heiligabend?«, entfuhr es ihr. Daran hatte sie noch gar nicht gedacht.

»Hm«, machte Alexander. »Ich dachte, ihr feiert in der Rosenholzvilla. Willst du ihn auf sein Zimmer verbannen?«

Elisa stöhnte auf. Natürlich ging das nicht. »Nein«, antwortete sie betreten und nahm sich vor, tatsächlich etwas nachsichtiger zu sein. Das fiel ihr doch auch sonst nicht so schwer. Also würde sie es auch bei Adrien Dufois schaffen.

»Na, dann wünsch ich euch fröhliche Weihnachten«, sagte Alexander in heiterem Ton, und Elisa war sich nicht ganz sicher, ob er sie damit auf den Arm nehmen wollte oder nicht.

Im Treppenhaus duftete es nach Kaffee und frisch aufgebackenen Croissants – Danilo war also schon aufgestanden. Wohlige Wärme schlug ihr entgegen, als sie ihre Wohnung betrat, die sie im vergangenen Jahr mit der Hilfe ihrer Freunde renoviert hatten.

»Na? Hast du den Neuen gut untergebracht?« Danilo nahm sie in seine Arme und küsste sie zärtlich.

»Ja, das hab ich.« Elisa küsste ihn wieder und beschloss, ihren Ärger über Adrien nicht zum Thema zu machen. Fehlte noch, dass er ihnen den ganzen Tag verdarb.

Danilo hatte ein Feuer im offenen Kamin des *salotto* gemacht und dort auch schon den Frühstückstisch gedeckt. Und zwar für fünf Personen.

»Erwarten wir Gäste?«, fragte Elisa überrascht.

»Es war Cosmas Idee, gemeinsam zu brunchen, sie hat mich vorhin aus dem Bett geklingelt.« Danilo lachte und holte Papierservietten aus einer Schublade. »Sie findet, wir sollten die Weihnachtstage planen. Wo wir wann feiern. Und ob wir für Mimi eine Geburtstagsüberraschung vorbereiten sollen.«

»Stimmt!« Mimi war Danilos Nichte, die Tochter seines Bruders Fabio, der die Geigenbauwerkstatt der Familie leider im Streit verlassen hatte und nun in Cremona bei ihrem größten Konkurrenten arbeitete. Noch immer hofften alle, dass er irgendwann wieder zurückkommen würde. »Mimi wird ja an Heiligabend sechs Jahre alt!« Elisa nahm die Streichholzschachtel vom Kaminsims und zündete die Kerzen an dem Adventskranz an, den sie selbst aus Tannen- und Kiefernzweigen gebunden und mit den roten Beeren der Stechpalme geschmückt hatte. »Wer kommt denn heute noch außer Cosma?«

»Dante und Natascha.«

»Natascha auch? Ich hätte sie mitnehmen können, wenn ich das gewusst hätte.« Natascha arbeitete als Auszubildende in Danilos Werkstatt und wohnte bei seiner Mutter Mariella direkt unterhalb der Rosenholzvilla.

»Dante hat sich angeboten, sie mitzubringen.« Danilo trat einen Schritt zurück und betrachtete prüfend den gedeckten Tisch. »Ah, ich hab die Feigenmarmelade vergessen, die Natascha so mag.« Und schon war er in der Küche verschwunden.

Elisa zündete auch die beiden Kerzen in den Windlichtern auf dem Fensterbrett an. Noch immer regnete es in Strömen, und obwohl schon Mittag war, schien dieser Tag gar nicht richtig hell werden zu wollen. Nun ja, sagte sie sich. Es ist schließlich der 21. Dezember mit der längsten Nacht des Jahres. Sie sah Cosma über den Hof zum Hauseingang rennen, offenbar hatten die Hunde ihr Frühstück bekommen.

Kurz darauf klopfte es an ihre Wohnungstür. »Komm rein, es ist offen«, rief Elisa und ging ihrer Freundin entgegen.

»Brrr.« Cosma rieb sich die klammen Hände. »Was für ein scheußliches Wetter. Ich hoffe, das hört bald auf. Wenn es so weitergeht, reißt der Mühlbach womöglich noch die Holzbrücke mit sich.«

»Meinst du wirklich?«

Draußen hupte es laut und anhaltend.

»Typisch mein Bruder!« Cosma schüttelte missbilligend

den Kopf. »Jetzt flippen die Hunde gleich wieder aus, dabei hatten sie sich gerade so schön beruhigt. Wie oft hab ich ihm gesagt ...«

Danilo war aus der Küche gekommen und schloss Cosma freundschaftlich in seine Arme. »So ist er nun mal, unser lieber Dante«, erklärte er besänftigend. »Vermutlich will er vor Natascha ein bisschen angeben.«

»Seit wann fährt er denn diesen fetten Schlitten?« Elisa war ans Fenster getreten und beobachtete, wie Cosmas Bruder aus einem dunklen Geländewagen stieg, der sicher ein kleines Vermögen kostete. Auf der anderen Seite sprang Natascha heraus, ihr blondes Haar wie immer zu einem fantasievollen Ungetüm von einer Frisur aufgesteckt.

»Keine Ahnung«, gab Cosma zurück und wärmte sich die Hände am Kaminfeuer. »Stimmt es, dass sich Natascha neue Tattoos hat stechen lassen? Ich frage mich, ob sie überhaupt noch freie Stellen am Körper hat.«

Elisa hob lächelnd die Brauen. Sie war kein Fan von Tattoos, aber zu Natascha passte es irgendwie. Und dabei waren ihre gesamten Arme, die Schultern und das Dekolleté von Fantasieblumen übersät, sodass es aussah, als trüge sie ein buntes T-Shirt.

»Du hast doch auch eins«, sagte Danilo zu Cosma.

»Ja. *Eins!*« Cosma schob lachend den Ärmel ihres T-Shirts hoch, sodass der Vogel zu sehen war, der aus Flammen aufstieg. »Und das aus gutem Grund. Während Natascha sich immer mehr in eine Blumenwiese verwandelt.«

»Mir gefällt das«, erklärte Elisa lachend. »Nicht dass ich

auch ein Tattoo möchte, aber gegen eine Blumenwiese ist schließlich nichts einzuwenden.«

Und schon läutete es Sturm. Als Elisa die Wohnungstür öffnete, wurde sie von Dante temperamentvoll begrüßt. Natascha überreichte Elisa einen golden glänzenden Hefezopf.

»Vielen Dank!« Elisa nahm ihn überrascht entgegen. »Hat Mariella den gebacken?« Danilos Mutter war bekannt für ihre unglaublichen Backkünste.

»Nein, der ist von mir!«, antwortete Natascha stolz. »Ein veganes Rezept.«

Elisa konnte sehen, wie Dante hinter Nataschas Rücken die Augen verdrehte. »Das ist aber nett!«, beeilte sie sich zu sagen und brachte den Zopf in die Küche, um ihn aufzuschneiden.

»Ob der wohl schmeckt?« Dante, der ihr in die Küche gefolgt war, beugte sich skeptisch über ihre Schulter.

»Ganz bestimmt!« Elisa sah unruhig zur Küchentür, um sicherzugehen, dass Natascha ihn nicht gehört hatte. »Ich finde das total nett von ihr, sich so viel Mühe zu machen.«

»Hier ist noch ein bisschen Protein von einem überzeugten Nichtveganer.« Grinsend öffnete Dante ein dickes Päckchen, aus dem der feine Duft von luftgetrocknetem Schinken aufstieg.

»Oh, lecker!« Elisa holte ein Holzbrett aus dem Schrank. Während sie die Hefezopfstücke auf einer Platte arrangierte, belegte Dante das Brett mit dem Schinken.

»Also lasst uns mal durchzählen, wie viele wir an Weihnachten sein werden«, sagte Cosma, als sie alle am Tisch Platz nahmen. Sie schlug ihr abgegriffenes Notizbuch auf und zückte einen Kugelschreiber. »Wir fünf.« Sie blickte auf. »Nicht wahr, Natascha, du feierst auch mit uns?«

»Wenn es euch recht ist?« Ihre schönen dunklen Augen, die sie wie immer mit Kajal betont hatte, blickten auf einmal scheu.

»Natürlich!« Danilo lächelte ihr aufmunternd zu, und Cosma notierte die Namen.

»Mariella, Romy und Mimi«, zählte Elisa auf. »Weiß jemand, ob Fabio kommt?«

Sie sah Danilo an, doch der zuckte nur mit den Schultern. Romy und Fabio lebten seit längerer Zeit getrennt. Und wenn auch in letzter Zeit von Scheidung nicht mehr die Rede gewesen war, so konnte Elisa nicht einschätzen, wie die beiden im Moment zueinander standen. Mimi jedenfalls tat ihr Bestes, um ihre Eltern wieder miteinander zu versöhnen.

»Bestimmt. Immerhin wird sein Töchterchen sechs Jahre alt.« Entschlossen setzte Cosma seinen Namen darunter.

»Serafina ist natürlich dabei.«

»Zum Glück«, ergänzte Dante. »Ohne sie würden wir verhungern.« Er stockte kurz. »Ich hoffe, sie kocht noch so lecker wie früher, bevor ihr sie zu dieser schrecklichen Ausbildung geschickt habt. Oder gibt es jetzt nur noch Diätkost in der Villa?«

»Nein, natürlich nicht«, antwortete Elisa. »Wir haben sie diese Ausbildung machen lassen, falls einer der Gäste der Stiftung Schonkost braucht. Für uns kocht Serafina ganz normal, schließlich sind wir nicht krank.«

»Na Gott sei Dank!«

»Aber wir laden sie doch nicht nur wegen des Essens ein«, protestierte Cosma. »Serafina ist ein Goldschatz und unsere Freundin. Was ist mit deinem Vater, Elisa?«

»Sven kommt auch.« Elisa wurde es warm ums Herz. Sie hatte, so unglaublich das auch war, ihren Vater erst an Niklas' Beerdigungsfeier kennengelernt, vor knapp einem halben Jahr. Ihre Mutter hatte sich noch vor Elisas Geburt von Sven getrennt und seine Identität immer geheim gehalten.

»Was ist eigentlich mit dem Gast, der heute angekommen ist? Feiert der auch mit uns?«, fragte Danilo. »Wie ist der überhaupt so? Erzähl mal.«

Aller Augen richteten sich auf Elisa, die gerade einen großen Bissen von Nataschas Hefezopf genommen hatte und deswegen nicht gleich antworten konnte.

»Deiner Miene nach zu urteilen wird das unser Weihnachts-Grinch.« Dante lachte trocken auf. Auch Cosma lachte, Danilo hingegen betrachtete Elisa besorgt. »Was ist?«, fragte er. »Irgendwas stimmt doch nicht.«

»Also er …«, begann sie. »Ich würde sagen … es gibt nettere Menschen.«

»Oje, so schlimm?« Cosma sah sie erschrocken an.

»Komm schon, raus mit der Sprache«, bat Dante. »So schlecht kann Nataschas Hefekuchen gar nicht schmecken, wie du dreinschaust.«

»Der Hefezopf ist große Klasse«, beeilte Elisa sich zu sagen. »Wirklich!«

»Spann uns nicht so auf die Folter«, bat Danilo. »Was ist heute Morgen passiert?«

»Nichts ist passiert.« Elisa hatte sich nach dem Gespräch mit Alexander eigentlich vorgenommen, nicht mehr über Adrien zu schimpfen. Ihn einfach zu ignorieren. Aber wie machte man das, wenn man ihr offenbar bereits alles ansah? »Er ist einfach nicht besonders höflich.«

»Wie heißt er denn?«, wollte Danilo wissen.

»Adrien Dufois«, antwortete Elisa widerwillig. »Er ist Cellist.«

»Dufois?« Danilo legte seine Stirn in Falten, während Cosma nach ihrem Smartphone griff. »Ist der nicht ein Kunde von uns? Genau, jetzt erinnere ich mich. Fabio hat sein Instrument gewartet.«

Elisa nickte gequält. »Ja, und das war mal mein Cello«, murmelte sie.

»Er sieht eigentlich ganz nett aus.« Cosma hatte Adriens Namen sogleich gegoogelt. »Richtig gut aussehend. Vielleicht wäre der was für mich?« Seit Amadou sie verlassen hatte, war Cosma halbherzig auf der Suche nach einem neuen Partner.

»Garantiert nicht!«, entfuhr es Elisa.

»Aber kannst du das denn nach einer einzigen Begegnung schon sagen?«, wandte Natascha ein. »Ich meine, nur weil einer mal nicht so höflich ist … Du kennst ihn schließlich noch gar nicht.«

»Oh doch, das ist ja das Schlimme.« Elisa seufzte tief auf. Sie hatte wirklich nicht darüber sprechen wollen. Aber konnte sie vor ihren Freunden verbergen, was ihr seit diesem Morgen auf der Seele lag? »Also gut. Wir kennen uns von früher. Aus der Zeit, als ich selbst noch Cello gespielt habe. Er mag ja ein ganz hübscher Kerl sein«, sagte sie in Cosmas Richtung, die noch immer verschiedene Aufnahmen im Internet von Adrien durchscrollte. »Aber das täuscht. Er ist ein absolutes Ekel. Nun ja, ich hoffe, er reißt sich zusammen, und ihr werdet diese Seite an ihm gar nicht kennenlernen. Jedenfalls war das ein ziemlicher Schock heute Morgen.«

»Für dich oder für ihn?« Dante zog eine lustige Grimasse und brachte Elisa damit zum Lachen.

»Für uns beide, fürchte ich. Aber egal. Lass uns mit der Planung für Weihnachten weitermachen. Ja, wir werden Adrien einladen. Zähl doch bitte mal durch, Cosma. Wie viele sind wir nun?«

»Also mit Fabio und diesem Adrien sind wir zu zwölft. Was ist denn mit deiner Mutter?«

Elisa schüttelte den Kopf. »Anna feiert mit Caren in London.« Da fiel ihr der unbeantwortete Anruf von diesem Morgen ein und dass sie noch gar nicht zurückgerufen hatte. »Falls sich ihre Pläne nicht ändern.«

»Zwölf ist eine gute Zahl«, meinte Natascha und strich Feigenmarmelade auf ihren Hefekuchen.

Elisas Handy klingelte. »Sieh an, gerade haben wir von ihr gesprochen«, erklärte sie nach einem Blick auf das Display. »Es ist Anna.« Sie nahm den Anruf an. »Hallo Mama«, meldete sie sich – und stutzte. Aus dem Hörer drang heftiges Schluchzen.

2
Plätzchenbäckerei

»Was ist passiert?«, fragte Elisa erschrocken. Sie erhob sich, um in ihr Zimmer zu gehen und dort ungestört zu telefonieren. »Ist etwas mit Caren?«

»Es ist vorbei«, schluchzte Anna Eschbach.

»Oh nein! Warum das denn?«

Es dauerte einen Moment, bevor Elisas Mutter weitersprechen konnte. »Wir hatten einen Streit. Und da hat sie gesagt …« Tränen erstickten ihre Stimme.

Elisa wartete geduldig, bis sie sich wieder etwas beruhigt hatte. »Was hat sie gesagt?«, fragte sie schließlich nach.

»Dass sie meine Launen nicht mehr erträgt«, kam es leise aus dem Telefon.

Ach du lieber Himmel, dachte Elisa traurig. Sicher. Ihre Mutter konnte ziemlich anstrengend sein. Wenn es so etwas wie eine Drama Queen tatsächlich gab, dann war Anna bestimmt eine, ihr Temperament schoss leider oft über das Ziel hinaus. Die allzeit besonnene Caren war Elisa allerdings wie der buchstäbliche Fels in der Brandung vorgekommen, unerschütterlich und stets Herrin der Lage. Bislang hatte sie Annas

Launen mit großer Geduld ertragen und es wunderbar verstanden, sie wieder zur Raison zu bringen. Hatte Anna den Bogen diesmal überspannt? Wie schade, dachte Elisa. In ihren Augen waren Caren und Anna das perfekte Paar gewesen.

»Ach, das tut mir so leid, Mama«, sagte sie. »Wo bist du denn jetzt?«

»Zu Hause.« Ein schnaubendes Geräusch war zu hören, offenbar putzte Anna sich die Nase. »Aber … hier ist es so leer und …« Wieder brach ihre Stimme.

»Komm zu uns«, schlug Elisa vor. »Du kannst jetzt unmöglich allein bleiben. Und das auch noch an Weihnachten.«

Eine Weile war nichts zu hören als lautes Atmen, Schniefen und unterdrücktes Weinen. »Bist du sicher, dass ich euch nicht lästig falle?«

»Ganz sicher«, antwortete Elisa. »Wir feiern alle zusammen in der Rosenholzvilla. Danilo und seine Familie, Natascha, Cosma und Dante.« Anna schniefte noch einmal. »Es kommt nicht infrage, dass du allein in Berlin herumsitzt, Mama. Nimm den nächsten Flieger und komm her.«

»Habt ihr denn überhaupt Platz für mich?«

»Du kannst eines der Zimmer in der Villa haben. Sven wird auch dort sein. Außerdem ist schon ein Gast der Stiftung angekommen.«

»Sven kommt?«, fragte Anna alarmiert.

»Ja, und ich freu mich riesig auf ihn«, fügte sie mit Nachdruck hinzu.

»Kann ich nicht bei euch in der alten Mühle wohnen?«, fragte Anna weinerlich.

»Du willst doch nicht etwa auf der Ausziehcouch in meinem Zimmer schlafen!« Nein. Wenn Elisa es sich genau überlegte, war *sie* es, die nicht wollte, dass sich ihre Mutter bei ihr einnistete. Nach einigen Turbulenzen hatten sie wieder ein gutes Verhältnis zueinander, aber zu viel Nähe würde ihnen mit Sicherheit nicht guttun. »In der Villa hast du es viel bequemer. Serafina wird dich mit Freuden verwöhnen.«

»Na schön. Und … es ist dir *wirklich* recht, dass ich komme?«

Elisa seufzte innerlich. Sie dachte an Adrien und an Fabio, von dem niemand wusste, ob er tatsächlich kommen würde. Dachte an Mimis Geburtstag und welche Hoffnungen das Mädchen darauf setzte, seine Eltern endlich wieder zusammenzubringen. Sie dachte an den Wirbel, den Anna so häufig verursachte. Daran, wie sehr sie sich auf ein paar ruhige Tage gemeinsam mit ihrem Vater gefreut hatte. »Wir werden eine bunt gemischte Gesellschaft sein«, antwortete sie ausweichend. »Du bist nicht die Einzige, der es im Moment nicht so gut geht. Aber wenn wir uns alle ein wenig Mühe geben, wird es bestimmt ein schönes Fest. Schon allein Mimi zuliebe sollten wir uns das vornehmen. Sie hat am vierundzwanzigsten Geburtstag.«

Anna versprach, sich um einen Flug zu kümmern und sich dann wieder zu melden. Als Elisa zu den anderen zurückkehrte, erklärte sich Dante gerade dazu bereit, eine Tanne zu besorgen.

»Gibt es denn Weihnachtsschmuck in der Villa?«, fragte Natascha.

»Ja, auf dem Speicher steht eine große Kiste.« Elisa nahm sich den Rest aus der Kaffeekanne, viel war nicht übriggeblieben.

»Und Lichterketten?«

»In Hülle und Fülle.«

»Wer kümmert sich ums Schmücken? Serafina?«, fragte Cosma.

»Serafina hat genug mit den Vorbereitungen für das Festessen zu tun«, erklärte Elisa. »Sie hat eine riesige Gans gekauft, ich weiß gar nicht, wer das alles essen soll. Hast du Lust, den Baum zu dekorieren?«

»Wenn keine Kuh kalbt und mich sonst kein krankes Tier braucht – gerne«, gab ihre Freundin zurück. »Ich kann ja diesen französischen Cellisten fragen, ob er mir helfen will.«

Elisa hätte sich beinahe an ihrem Kaffee verschluckt. »Du kannst dein Glück gern bei ihm versuchen«, lachte sie. »Vielleicht hilft dir auch Anna. Sie kommt jetzt nämlich doch.«

Cosma schlug ihr Notizbuch auf und setzte ihren Namen unter die Liste. »Mit ihr sind wir dreizehn«, sagte sie.

»Wie in dem Märchen mit der dreizehnten Fee«, bemerkte Natascha.

»Dreizehnte Fee?« Dante runzelte verständnislos die Stirn und Natascha wurde rot. »Was soll das denn bedeuten?«

»Ist das nicht aus Dornröschen?«, kam Elisa Natascha zu Hilfe. »In dem Königreich gibt es dreizehn Feen, aber zu Dornröschens Taufe werden nur zwölf eingeladen, weil man am Königshof nur zwölf goldene Teller hat.«

»Großer Fehler«, fiel Cosma trocken ein. »Man sollte immer genügend Geschirr im Haus haben. Das habt ihr doch in der Villa, oder?«

Elisa nickte schmunzelnd. »Allerdings kein goldenes.«

»Und was ist mit der dreizehnten Fee?« Dante ließ nicht locker.

»Weil sie nicht eingeladen wurde, verflucht die böse Fee das arme Kind und so kommt alles ins Rollen«, erklärte Elisa. »Aber keine Sorge«, sagte sie mit einem Lächeln zu Natascha. »Meine Mutter kann zwar manchmal etwas anstrengend sein. Aber eine böse Fee ist sie nicht.«

»Kommt sie alleine?« Danilo sah Elisa fragend an. »Was ist mit Caren?«

»Caren kommt nicht mit.« Und als alle Elisa verständnislos ansahen, fügte sie hinzu: »Sie haben sich getrennt.«

»Oh nein!« Cosma schloss die Augen und schüttelte resigniert den Kopf. »Erst trennen sich Romy und Fabio. Dann geht Amadou weg. Und jetzt auch noch Caren. Ich halte das nicht mehr länger aus!«

»Vielleicht renkt sich das mit Caren und meiner Mutter wieder ein.« Elisa wollte einfach nicht glauben, dass es vorbei war.

»Es lebe dein Optimismus«, murmelte Cosma und klappte ihr Notizbuch zu. Ihre gute Laune war dahin. »Ich geh dann mal«, sagte sie und stand auf.

Elisa begleitete sie bis zur Tür. »Er kommt bestimmt wieder«, flüsterte sie, als sie ihre Freundin in die Arme schloss.

»Wen meinst du?«, fragte Cosma niedergeschlagen. »Den Weihnachtsmann?«

»Nein. Amadou.«

Cosma zog eine Grimasse, und Elisa erkannte zu spät, dass ihrer Freundin Tränen in den Augen standen. Was auch nicht verwunderlich war, denn seit Monaten schickte Amadou keine Zeile, weder per Handy noch per Post.

»Ich hätte mich niemals in ihn verlieben dürfen«, sagte sie, gab Elisa einen Kuss auf die Wange und ging.

Auch die anderen verabschiedeten sich bald, und Danilo und Elisa hatten gerade den Tisch abgedeckt und das Geschirr in die Spülmaschine geräumt, als Elisas Handy klingelte. Es war eine Nummer aus Frankreich, und ihr schwante nichts Gutes.

»Die Heizung ist ausgefallen«, überfiel Adrien sie ohne Gruß. »Er ist furchtbar kalt in meinem Zimmer.«

Elisa atmete tief durch. Die Heizung war anlässlich der Umbauten neulich erst gewartet und für funktionstüchtig befunden worden. Dennoch war es natürlich möglich, dass eine Störung vorlag. Ausgerechnet jetzt, dachte Elisa. »Ich komme«, sagte sie so ruhig wie möglich. »In etwa vierzig Minuten bin ich da.«

»In vierzig Minuten?« Adriens Stimme bebte vor Entrüstung.

»Ja, tut mir leid, ich wohne nicht ums Eck«, gab Elisa zurück. »Wenn dir kalt ist, nimm eine der Wolldecken aus dem Schrank und wickle dich darin ein.« Ohne seine Antwort abzuwarten, unterbrach sie das Gespräch. Und war sich doch darüber bewusst, wie unhöflich auch sie sich verhielt.

»Was ist denn los?«, fragte Danilo, der gerade den Müll in den Hof gebracht hatte.

»Stell dir vor, in der Villa ist die Heizung ausgefallen.« Sie sah hinaus in den strömenden Regen. »Hilft wohl nichts, ich muss noch mal hinfahren.«

»Wenn du willst, komm ich mit.« Danilo legte ihr sanft die Hände auf die Schultern und zog sie an sich. »Vielleicht kann ich sie wieder zum Laufen bringen. Das hab ich vor ein paar Jahren schon mal gemacht, da hat Niklas mich gerufen.« Er grinste. »Im Grunde hab ich damals die Anlage nur aus- und nach einer Weile wieder eingeschaltet, das war alles. Vielleicht klappt das diesmal auch.«

Elisa gab ihm erleichtert einen Kuss. »Danke, das ist lieb von dir!« Selbstverständlich konnte sie auch selbst nachsehen, aber es war viel schöner, gemeinsam hinzufahren. Sie hatte nicht die geringste Lust, Adrien schon wieder allein gegenüberzutreten. »Dann lass uns aufbrechen, ehe sich unser Gast womöglich noch erkältet.«

In der Rosenholzvilla angekommen gingen sie zuerst in den Keller, um nach der Anlage zu sehen. Diese schnurrte wie immer vor sich hin, und das Display zeigte keine Fehlermeldung.

»Die Betriebstemperatur stimmt«, sagte Danilo und betrachtete den Wasserdruck. »Scheint alles in Ordnung zu sein.« Elisa verfolgte, wie Danilo alle Funktionen prüfte. Auch sie konnte keinen Fehler erkennen.

»Warte«, sagte sie. »Ich schau mal nach, ob die Heizung in der Küche läuft.« Konnte es sein, dass Adrien sie vollkommen umsonst herbeordert hatte? Na warte, wenn das stimmt, dachte sie auf dem Weg in die Küche und drehte dort den Thermostat voll auf. Tatsächlich. Augenblicklich wurde er warm. Auch aus dem Hahn strömte das Wasser heiß wie immer. Sie ging ins Esszimmer und von dort in den großen Musiksaal – überall funktionierte die Heizung einwandfrei.

»Vielleicht liegt es an dem Heizkörper in seinem Zimmer.« Danilo stand in der Tür. »Womöglich muss er entlüftet werden. Lass uns hochgehen und mit ihm reden.«

Elisa bezweifelte das. Bei der Wartung war das sicher erledigt worden. Reichlich wütend klopfte sie an Adriens Zimmertür.

»Da bist du ja endlich«, sagte Adrien, als er die Tür aufriss. Dann erst bemerkte er Danilo, und seine Augen wurden groß. »Ah, *très bien*«, rief er. »Du hast den Heizungsmonteur mitgebracht.«

Elisa öffnete den Mund, um seinen Irrtum aufzuklären, als sie einen sanften Stoß in ihrer Seite spürte.

»Richtig«, sagte Danilo. »Wir wollen gleich nach dem Rechten sehen. Darf ich reinkommen?«

Elisa schnappte kurz nach Luft, dann verstand sie. Danilo hatte beschlossen, auf das Spiel einzugehen.

»Selbstverständlich.« Adrien bat sie ins Zimmer. Danilo machte sich fachmännisch an dem Heizkörper zu schaffen, während Elisa versuchte, Adrien zu ignorieren. Tatsächlich war es ziemlich kühl im Zimmer. »Du bist hier also so etwas wie das Mädchen für alles.« Elisa würdigte Adrien noch immer keines Blickes. »Schon seltsam, was aus der großen Elisa Maria Eschbach geworden ist.«

»Also mit der Heizung ist alles in Ordnung«, ließ Danilo sich laut vernehmen.

»Sie war aber eben kalt«, erwiderte Adrien trotzig.

»Womöglich hatten Sie sie nicht hoch genug eingeschaltet?« Danilo erhob sich. »Es ist ganz einfach. Das schaffen Sie sogar mit Ihrer linken Hand. Sie müssen an diesem Knauf hier drehen, dann wird es wärmer.« Er zeigte auf den Thermostat und betrachtete Adrien mit der Miene eines Vaters, der seinem begriffsstutzigen Sohn etwas erklärte. »Gibt es sonst noch etwas zu beanstanden? Wie steht es mit dem Heißwasser?« Ohne eine Antwort abzuwarten, ging er ins Bad und machte den Hahn auf. »Funktioniert.« Er kam zurück und baute sich vor Adrien auf. »Ich muss Sie leider darauf aufmerksam machen, dass Diensteinsätze, zu denen ich grundlos gerufen werde, auf Ihre Rechnung gehen. So steht das im Kleingedruckten der Stiftung.« Adrien schnappte nach Luft. »Na schön«, fuhr Danilo fort, ehe er etwas entgegnen konnte. »Ich will ausnahmsweise ein Auge zudrücken. Bestimmt war das diesmal ein Missverständnis. Wenn Sie Signora Eschbach allerdings das nächste Mal umsonst herkommen lassen, wird das teuer. Und an Feiertagen ganz besonders.« Er wandte sich um und warf Elisa einen verschmitzten Blick zu. »Einen schönen Tag noch, Monsieur Dufois.«

»Ich glaube, vor dem hast du erst einmal Ruhe.« Danilo grinste von einem Ohr zum anderen und startete den Motor. »Ist aber auch selten dämlich, dieser Mann. Was wollte er denn mit dieser Aktion erreichen?«

»Er will mich schikanieren.«

»Ich glaube eher, er ist in dich verknallt.«

»Was? Nein. Nie im Leben.«

»Er tut immerhin alles dafür, damit du zu ihm kommst.« Danilo wendete den Wagen und warf ihr einen vielsagenden Blick zu. »Da kann ich ihn übrigens gut verstehen. Hm. Vielleicht hätte ich ihm doch klarmachen sollen, dass er großen Ärger mit mir bekommt, wenn er dich nicht in Ruhe lässt.«

»Ich denke, das hast du ihm durchaus klargemacht.« Elisa musste schon wieder lachen, als sie an Adriens perplexes Gesicht dachte. »Und eines ist so sicher wie das Amen in der Kirche: Adrien Dufois hasst mich. Das war schon früher so. Und daran wird sich nie etwas ändern.«

»Ich dagegen glaube, dass darüber das letzte Wort noch längst nicht gesprochen ist.«

»Du bist doch nicht etwa eifersüchtig?«, fragte Elisa, als sie durch das schmiedeeiserne Tor der Villa fuhren.

»Ich?« Danilo schüttelte den Kopf. »Du kannst ihn nicht leiden. Also warum sollte ich mir Sorgen machen? Aber was anderes: Was hältst du davon, wenn wir kurz bei meiner Mutter vorbeischauen?«

»Eine sehr gute Idee!«

In Mariella Fasettis großer Wohnküche duftete es verlockend nach frisch gebackenen Plätzchen. Mimi stand auf einem Fußschemel am Tisch und knetete eifrig eine Teigkugel, die Arme bis über die Ellenbogen weiß von Mehl. Über die roten Locken hatte ihre Großmutter ihr ein helles Kopftuch mit kleinen Sternen gebunden, und Elisa fand, dass sie in ihrer teigverklebten Schürze aussah wie ein fleißiger Engel.

»Wir backen *Spampezie*«, rief Mimi übermütig, das Gesichtchen vor Begeisterung gerötet. »Wollt ihr mitmachen?«

Am Herd stand Mariella und rührte in einer großen Pfanne, die ein Aroma nach Karamell und Nüssen verströmte.

»*Buongiorno*«, begrüßte Danilos Mutter sie. »Mit euch hab ich heute gar nicht gerechnet.« Sie wischte sich die Hände an der Schürze ab und küsste Elisa und Danilo zur Begrüßung auf beide Wangen. »Wollen wir ein Glas *spumante* zusammen trinken?«

»Gerne«, antwortete Elisa und tätschelte den großen Kopf von Joris, dem betagten Berner Sennenhund der Familie Fasetti, der von seinem Ruheplatz aufgestanden war, um sie zu begrüßen. »Sag mal, was duftet hier so verführerisch?«

»Ich mach gerade die Füllung für die *Spampezie*«, erklärte Mariella und nahm die Pfanne vom Feuer. »Walnüsse, Honig und Butter.«

»Den Grappa nicht zu vergessen«, warf Danilo ein.

»Der Grappa kommt in den Teig, den Mimi so großartig knetet.« Mariella bedachte ihre Enkelin mit einem liebevollen Blick, dann machte sie sich an der Kaffeemaschine zu schaffen. Mit ihrem kurzgeschnittenen, silbergrauen Haar und ihren lebhaften haselnussbraunen Augen wirkte sie äußerst jugendlich, dabei war sie im September fünfundsechzig geworden.

»So lecker, wie es riecht, sind doch schon einige *Spampezie* fertig, oder nicht?« Danilo sah sich suchend um.

»Ja, schon«, räumte Mariella mit einem verschmitzten Grinsen ein. »Aber die müssen erst noch auskühlen. So schmecken sie überhaupt nicht.«

»Das behauptet sie jedes Jahr«, sagte Danilo zu Elisa. »Dabei schmecken sie lauwarm am besten.«

»Das gibt Bauchweh«, rief Mimi herüber. »Kekse darf man erst essen, wenn sie ganz kalt sind. Das sagt auch *mamma.*«

»Da hörst du es.« Mariella öffnete lachend eine Flasche Schaumwein und goss die sprudelnde Flüssigkeit in drei Sektschalen. »Mimi weiß das aus eigener Erfahrung. Stimmt's, mein Schatz?«

Mimi nickte ernst und patschte mit den Händen den Teig platt.

»Wollt ihr mit den Formen helfen?« Mariella holte einige handtellergroße Holzmodeln aus dem Schrank. Elisa betrachtete sie ehrfürchtig. Im vergangenen Jahr war sie bei der Weihnachtsbäckerei nicht dabei gewesen.

»Die haben unsere Vorväter aus Nussbaum geschnitzt«, erklärte Danilo und reichte ihr einen Model in Form einer Geige. Es gab auch noch einen wunderschönen Engel und ein geschwungenes Herz.

»Ich will den Engel machen«, rief Mimi.

»Der ist aber schwierig«, warnte Mariella. »Wegen der Flügel. Mit dem Herz tust du dich leichter.«

»Oder wir machen den Engel gemeinsam?«, schlug Danilo vor, und die Kleine war sofort einverstanden.

»Ihr müsst mir zeigen, wie das geht.« Elisa wusch sich die Hände im Waschbecken.

»Man muss den Teig da reindrücken.« Mimi wies eifrig auf die Negativformen.

»Zuerst wellen wir ihn aus.« Mariella nahm Mimis Teigkugel und knetete sie noch einige Male kräftig durch, ehe sie sie mit einem Nudelholz dünn ausrollte. »Dann legen wir unseren Model darauf und schneiden die Umrisse grob aus.« Sie benutzte die herzförmige Form und fuhr mit einem kleinen Messer geschickt um sie herum. »Jetzt braucht es Fingerspitzengefühl.« Vorsichtig hob sie das ausgeschnittene Teigstück auf und legte es in die Negativform, sodass es sich in die Vertiefung schmiegte.

»Jetzt die Nüsse!«, rief Mimi aufgeregt.

Mariella holte die abgekühlte Pfanne und stellte sie auf den Tisch. »Das ist deine Aufgabe«, sagte sie zu ihrer Enkelin und reichte ihr einen Löffel.

Konzentriert häufte das Mädchen von der Nuss-Honig-Masse auf das Teigstück und verteilte sie gleichmäßig, wobei sie den Rand freiließ.

»Sehr gut«, lobte Mariella sie und zeigte, wie man die Ränder der Form sauber beschnitt und eine zweite Teigplatte über die Füllung legte. »Was muss man jetzt tun, Mimi?«

»Die Ränder festdrücken«, kam es wie aus der Pistole geschossen zurück.

»Was hältst du davon, wenn ich das mit dem Teigausschneiden mache und du den Rest?«, schlug Danilo seiner Nichte vor. Mimi war einverstanden, und so machten sich alle vier an die Arbeit.

»Wo ist eigentlich Romy?«, fragte Elisa.

»*Mamma* bringt dem Christkind Geigenbögen«, erklärte Mimi wichtig. »Die legt es dann anderen Kindern unter den Weihnachtsbaum.« Romy war Bogenmacherin und eine der Besten ihres Gewerbes.

»Sie ist in Deutschland«, fügte Mariella hinzu. »Es war zu unsicher, ob die Bögen noch mit der Post ankommen würden. Also ist sie selbst hingefahren.«

»Aber zu meinem Geburtstag ist sie wieder zurück.«

»Natürlich«, beruhigte Mariella Mimi. »Sie will übermorgen wieder hier sein, das ist rechtzeitig vor dem Fest.«

»Und Papa kommt auch.« Mimi drückte die Ränder einer Engel-*Spampezia* fest zusammen. Als ihre Großmutter nicht gleich antwortete, sah sie besorgt auf. »Er kommt doch. Oder?«

»Ich hoffe sehr«, sagte Mariella mit einem kleinen Seufzen.

»Ich glaub das auch«, fügte Danilo hinzu, als Mimis Nasenflügel zu beben begannen, ein untrügliches Zeichen dafür, dass sie gleich anfangen würde zu weinen. »Wir wissen nur noch nicht, wann.«

»Ich hab mir das vom Christkind gewünscht.« Mimi schluckte tapfer und griff nach dem Löffel, um die Nussfüllung auf weitere Engelformen zu häufen. »Dass Papa kommt. Und dass er endlich wieder bei uns wohnt.«

Mariella wandte sich ab und erhob sich. Sie ging zu der alten Kommode, über der die Familienbilder hingen, und nahm ein Päckchen Papiertaschentücher aus einer Schublade. Putzte sich die Nase und atmete ein paarmal tief durch. Auch sie litt entsetzlich darunter, dass Fabio sich dazu entschlossen hatte, den Familienbetrieb zu verlassen, nachdem er erfahren hatte, dass nicht Reno Fasetti sein Vater war, Mariellas verstorbener Mann, sondern Niklas Eschbach. Seine Enttäuschung darüber, dass seine Mutter Reno mit Niklas betrogen und ihm dazu noch die Wahrheit so lange vorenthalten hatte, war einfach zu groß gewesen. Dazu kam, dass seine Ehe mit Romy schon länger zerrüttet war. Und doch gab sie die Hoffnung nicht auf, Mimis Eltern würden sich eines Tages wieder versöhnen.

»Übrigens kommt Anna auch zum Fest«, versuchte Elisa das Thema zu wechseln, obwohl sie wusste, dass Mariella ihre Mutter noch nie gut hatte leiden mögen, die beiden waren einfach wie Feuer und Wasser.

»Das ist schön«, gab Mariella zu ihrer Überraschung zurück. »Bruno hat sich auch angesagt.«

»Wer?«, fragte Danilo irritiert.

»Bruno di Stefano«, antwortete Mariella. »Wir haben ihn bei Niklas' Trauerfeier kennengelernt, erinnerst du dich nicht?«

»Der Tuba-Spieler?« Danilo war so überrascht, dass er vergaß, die Teigplatten in die Form zu legen.

»Ja. Er hat heute Morgen angerufen und zugesagt.« Mariella tupfte sich die Augenwinkel ab und kam zurück an den Tisch.

»Dann sind wir also vierzehn«, sagte Elisa. »Natascha wird zufrieden sein.«

»Ich wusste gar nicht, dass ihr in Kontakt steht.« Danilo

sah seine Mutter an, als entdeckte er gerade etwas ganz Neues an ihr.

»Da ist so manches, was du nicht weißt.« Mariella schenkte ihrem Jüngsten ein feines Lächeln. »Und alles brauchst du auch gar nicht zu wissen.«

»Onkel Danilo«, mahnte Mimi freundlich. »Du musst die Teigplatten drauflegen. Sonst werden die *Spampezie* nicht fertig.« Danilo besann sich und nahm offenkundig verwirrt seine Arbeit wieder auf.

Elisa konnte sich noch gut an Bruno erinnern. Sie fand, dass er ihrem verstorbenen Großvater entfernt ähnlich sah. Auch er war groß und breitschultrig und hatte eine silberfarbene Löwenmähne. Der Musiker hatte eine beeindruckende Karriere als einer der besten Tuba-Spieler der Welt hinter sich, und er und Mariella hatten sich auf Anhieb gut verstanden. Dass sie allerdings auch jetzt noch miteinander in Kontakt standen, ja, dass sie ihn sogar zum Weihnachtsfest eingeladen hatte, war auch für Elisa eine Überraschung.

Eine gute Überraschung, wie sie fand. Es war noch nicht lange her, da hatte Mariella ihren Mann verloren, und dass sie und Elisas Großvater Niklas nicht nur eine enge Freundschaft verbunden hatte, sondern dass sie in jungen Jahren eine, wenn auch kurze, Liebesbeziehung gehabt hatten, war erst im vergangenen Frühling ans Licht gekommen. So gesehen hatte Mariella zwei Männer, die ihr sehr nahegestanden hatten, verloren, und wenn sie tatsächlich noch einmal einen Partner finden sollte, wäre das in Elisas Augen eine großartige Sache.

»Ich glaube, jetzt hat das Gebäck genug abgekühlt, dass ihr es probieren könnt«, riss Mariella sie aus ihren Gedanken.

»Au ja«, rief Mimi begeistert. »Probieren!«

Mariella ging mit einem Teller in die Vorratskammer. Als sie wiederkam, war er voller Kekse in Form von Geigen.

»Diese Form stammt noch von Renos Großvater«, erzählte Mariella und reichte den Teller herum. »Also von deinem Urgroßvater, Mimi. Er hat sie selbst geschnitzt.«

Andächtig nahm jeder eines der gefüllten Gebäckstücke und biss hinein. »Hmm«, machte Elisa. »Sie schmecken einfach nur köstlich.« Und dann sagte keiner mehr etwas, jeder widmete sich diesem Genuss.

»Ich habe eine Idee, was wir mit Mimi in diesen Tagen unternehmen könnten.« Sie hatten den ganzen Nachmittag miteinander in Mariellas gemütlicher Küche verbracht und nach den *Spampezie* noch Lebkuchen und andere Plätzchen gebacken. Nun war es schon nach acht, und Mariella hatte die Kleine ins Bett gebracht, während Danilo und Elisa gemeinsam die Küche aufgeräumt hatten. »Eine schöne Tradition, für die sie jetzt groß genug ist.«

»Was denn?«, fragte Danilo seine Mutter und hängte das feuchte Geschirrtuch an seinen Haken.

»Hört ihr die Glocken?«, fragte Mariella.

Elisa nickte. Schon seit einer Weile erfüllte das Geläut die Luft, mal klang es näher, dann wieder ferner, je nachdem, wie der Wind wehte.

»Kommt das von der Wallfahrtskirche?«, fragte Danilo.

»Genau.« Mariella horchte ebenfalls.

»Ist das die kleine weiße Kirche auf dem Hügel über der Rosenholzvilla?« Elisa war ein paarmal dort hinaufspaziert. Außer einer Familie, die sich um die Kirche kümmerte, wohnte dort oben niemand.

Mariella nickte. »Sie gehört zum Dorf. Vor langer Zeit soll dort oben einmal ein Wunder geschehen sein. Seither besteht der Brauch, an den drei Tagen vor Weihnachten gemeinsam die Glocke zu läuten.«

»Stimmt! Wir haben das früher auch gemacht, Papa ist mit Fabio und mir dort einige Male hochgegangen. Jeder, der möchte, kann sich daran versuchen«, erläuterte Danilo, dem die Idee sichtlich gefiel.

»Immer abends?«, fragte Elisa.

»Sobald es dunkel wird. Oder, *mamma*?«

»Ja, so ab fünf, halb sechs. Ich ruf vorsichtshalber noch mal an.« Mariella hatte frische Gläser aus dem Schrank geholt und schenkte ihnen nun Rotwein ein. »Die Familie Canetti hat vor einigen Jahren außerdem einen uralten Brauch wiederbelebt«, erzählte sie. »Heute kann man dort gegrillte Würstchen und andere Spezialitäten aus unserer Region essen und einen Becher Glühwein trinken. Für die Kinder gibt es alkoholfreien Punsch. Ich glaube, das würde Mimi gut gefallen.«

»Ganz bestimmt.« Danilos Augen leuchteten, und Elisa hatte den Eindruck, dass er große Lust hatte, selbst wieder einmal die Glocke zum Klingen zu bringen. Auch sie stellte sich das schön vor.

»Wann wollen wir das machen?«, fragte sie.

»Vielleicht morgen?« Mariella kostete von dem Wein und nickte zufrieden. »Oder übermorgen? Das wäre der Tag vor Heiligabend. Was meint ihr? Es wäre allerdings so viel schöner, wenn es endlich aufhören würde zu regnen.«

»Oder wenn es stattdessen ein bisschen schneien würde«, warf Elisa ein.

Danilo wiegte den Kopf. »Das passiert hier selten«, meinte er.

»Aber es kommt vor«, erwiderte Mariella. »Es ist gar nicht so lange her, da hatten wir in Lugano zwölf Zentimeter Schnee.«

Elisa und Danilo verabschiedeten sich von Mariella mit einer großen Dose voller *Spampezie* unter dem Arm. Elisa, die vom Wein nur gekostet hatte, setzte sich ans Steuer von Danilos Citroën Berlingo.

»Ich hatte keine Ahnung von diesem Bruno«, sagte Danilo, als sie den See erreichten und auf den Damm fuhren, der das Westufer mit dem im Osten verband.

Elisa lachte leise in sich hinein. »Du klingst ein bisschen, als wärst du Mariellas Vater und sie noch keine achtzehn.«

»Meine Mutter ist fünfundsechzig!«

»Na und? Darf man sich in diesem Alter nicht mehr verlieben?«

»Du denkst …« Er starrte sie geradezu perplex an.

»Warum denn nicht?«

Eine Weile war es still im Auto. »Meine Mutter, das unbekannte Wesen«, sagte Danilo schließlich, als sie bei Mendrisio die Autobahn verließen. »Und du hast recht, man weiß bei ihr nie. Dass sie vor sechsunddreißig Jahren eine Affäre mit Niklas hatte und Fabio nur mein Halbbruder ist, das hätte ich ihr auch nie zugetraut. Und jetzt ...«

»Ich kann mir nicht vorstellen, dass die beiden schon ein Paar sind«, überlegte Elisa. »Er war ja seit Niklas' Trauerfeier nicht mehr hier. Oder?«

»Nein.« Danilo hatte die Stirn gerunzelt. »Aber meine Mutter war im September zwei Wochen auf Sizilien. Und das ist das Einzige, was ich von Bruno weiß: Er ist Sizilianer.«

»Aber Mariella hat doch gesagt, dass sie in Sizilien eine ihrer Schulfreundinnen besucht hat, die dorthin gezogen ist.«

»Das hat sie gesagt, ja«, erwiderte Danilo mit einem bedeutungsvollen Blick. »Aber was sie sonst noch dort gemacht hat ...«

»Das geht uns nichts an«, entgegnete Elisa. »Schließlich hat deine Mutter ein Recht auf ein Privatleben.«

»Hat sie das?« Danilo grinste ein wenig schief.

»Selbstverständlich, du Chauvinist«, gab Elisa lachend zurück. »Auch wir Frauen haben unsere Geheimnisse.«

»Ehrlich?« Jetzt schien Danilo hellwach zu sein. »Auch du? Hast du etwa Geheimnisse vor mir?«

Elisa mahnte sich selbst zur Vorsicht. Erst im vergangenen Sommer hatte Danilo ihr eine fürchterliche Szene gemacht, weil er geglaubt hatte, zwischen ihr und seinem Bruder Fabio sei etwas. Deshalb hatten sie sich sogar für kurze Zeit getrennt, ihr wurde jetzt noch ganz anders, wenn sie daran dachte. Inzwischen war dieser Irrtum zwar ausgeräumt, Danilo hatte sich bei ihr entschuldigt, und sie hatten sich wieder versöhnt. Allerdings wusste Elisa nun, wie eifersüchtig Danilo sein konnte.

»Jeder Mensch hat ein paar Geheimnisse, die nur ihn etwas angehen«, antwortete sie deshalb zurückhaltend. »Da machst du sicher keine Ausnahme. Und das ist in Ordnung. Nur so kann man in einer Beziehung den anderen immer wieder überraschen. Es wäre doch unendlich langweilig, wenn du alles von mir wüsstest.«

»Du würdest mich niemals langweilen«, antwortete Danilo leise und legte kurz seine Hand auf die ihre am Lenkrad. »Sogar wenn ich alles von dir wüsste. Aber vermutlich hast du recht. Auch wenn mich der Gedanke traurig macht, du könntest Geheimnisse vor mir haben.«

»›Geheimnis‹ ist ein großes Wort«, gab Elisa zurück. »Wenn Mariella und Bruno eine Beziehung haben, dann ist das kein Geheimnis.«

»Sondern?«

»Ihre Privatangelegenheit. Mich würde es übrigens für die beiden freuen.«

3
Die Campanulas

Als sie zu Hause ihr Handy ausschalten wollte, entdeckte Elisa eine Kurznachricht von ihrer Mutter. »Anna kommt morgen um elf«, sagte sie zu Danilo. »Wäre es möglich, dass du sie am Flughafen abholst? Ich würde Serafina ungern mit Adrien alleine lassen. Nicht dass er versucht, auch sie herumzuscheuchen.«

»Das kann ich leider nicht«, antwortete Danilo. »Morgen kommen doch die Musiker vom McGonnary-Quartett, um ihre Campanulas abzuholen.«

»Stimmt.« Elisa seufzte. Das hatte sie vollkommen vergessen. »Wie schade! Ich wollte so gern dabei sein und hören, wie sie gemeinsam auf deinen Instrumenten spielen.«

Campanula – so nannte Danilo seine neu entwickelten Streichinstrumente. Auf den ersten Blick glichen sie Geigen, Bratschen, Celli und Kontrabässen, aber sie unterschieden sich von ihnen in Form und Klang. Vor allem die zwanzig Harmoniesaiten, die Danilo über den Korpus spannte, veränderten das Hörerlebnis und sorgten für einen zauberhaft vollen Ton. Die erste Cello-Campanula hatte er für Elisa gebaut, und seither hatte er seine Erfindung noch verfeinert. Dass das berühmte McGonnary-Streichquartett Instrumente bei ihm bestellt hatte, erfüllte ihn mit der Hoffnung, seine Erfindung weltweit bekannt zu machen. Eine Hoffnung, die er auch an Elisa knüpfte, denn schon seit einigen Monaten überlegte sie, ihre unterbrochene Musikkarriere wieder aufzunehmen. Noch wusste sie allerdings nicht, wie genau ihr Programm aussehen sollte.

»Ja, es ist das erste Mal, dass Geigen, Bratsche und Cello in Gestalt einer Campanula zusammen zu hören sein werden«, antwortete Danilo, und Elisa begriff, wie wichtig dieses Ereignis für ihn war. »Kann deine Mutter nicht mit dem Taxi kommen?«

»Von Mailand?« Elisa holte sich einen frischen Pyjama aus dem Schrank. »Das wird teuer.«

»Das hat sie früher schließlich auch nicht geschreckt«, entgegnete Danilo. »Sie hat schon so oft ein Taxi genommen.«

»Ja, das stimmt. Aber heute muss sie mehr aufs Geld achten«, wandte Elisa ein. »Du weißt doch. Ihr Geschäft läuft noch immer nicht so gut. Wann kommt das Ensemble denn? Vielleicht treffe ich die Musiker ja noch an, wenn ich Anna in die Villa gebracht habe.«

»Warum kann Anna nicht den Zug nehmen?« Danilo klang verstimmt. »Dante organisiert das für seine Reisegruppen jeden Tag. Soviel ich weiß, gibt es eine direkte Verbindung zwischen dem Mailänder Flughafen und Lugano.«

»Eine gute Idee.« Elisa war dieser Gedanke noch gar nicht gekommen. »Meinst du, ich kann Dante um diese Zeit noch anrufen?«

»Warum sehen wir nicht gemeinsam im Internet nach?« Sichtlich besänftigt ging Danilo in sein Zimmer, um den Computer hochzufahren.

Anna war nicht besonders angetan, als Elisa ihr noch am selben Abend den Vorschlag machte, mit dem Zug zu kommen. Doch Elisa hatte ihr den Fahrplan bereits übermittelt und sogar schon das Ticket für sie gebucht.

»Du schaffst das«, ermutigte sie ihre Mutter am Telefon. »Schließlich bist du eine Weltreisende und pendelst ständig zwischen London, Berlin, Paris und Tokyo hin und her. Da ist es für dich eine Leichtigkeit …«

»Schon gut«, fiel ihr Anna gequält ins Wort. »Selbstverständlich kann ich das. Es wäre nur netter gewesen …«

»Auch der Umwelt zuliebe sollte ich nicht mit dem Auto fahren, wenn du genauso bequem mit dem Zug kommen kannst.«

»Du hast recht.« Anna seufzte tief. »Caren sagt das auch immer. Als hättet ihr euch abgesprochen.«

»Caren ist eine kluge Frau«, antwortete Elisa. »Und weil sie so klug ist, wird sie sich besinnen und wieder zu dir zurückkommen. Vom Bahnhof in Lugano nimmst du einfach ein Taxi zur Rosenholzvilla. Ich erwarte dich dort.«

»Siehst du«, sagte Danilo zufrieden, als sie sich zu ihm ins Bett kuschelte. »War doch gar nicht so schwierig.«

Elisa schwieg. Sie machte sich Sorgen um ihre Mutter. Die

Beziehung zu Caren hatte ihr Halt und Kraft gegeben. Inzwischen hatte Elisa verstanden, warum sie oft so kapriziös war – vermutlich hatte ihr der Rückhalt eines liebenden Elternhauses gefehlt. Paulina Conti, Elisas Großmutter, war bei Annas Geburt gestorben. Statt sich selbst um sie zu kümmern, hatte Niklas es seiner Schwiegermutter überlassen, seine Tochter großzuziehen. Als diese starb, war Anna in ein Musikinternat gekommen. Heute war Elisas Mutter eine begnadete Modeschöpferin und ihre Firma bis vor kurzem äußerst erfolgreich gewesen. Aber die Zeiten waren schwieriger geworden, und teure Modemarken verzeichneten Einbußen, worunter auch Annas Geschäfte litten. Mithilfe des Erlöses der wertvollen Geige, die Niklas ihr vermacht hatte, war sie im Spätsommer um eine Insolvenz gerade noch herumgekommen. Dennoch musste sie kämpfen, um nicht »unterzugehen«, wie sie Elisa neulich anvertraut hatte. Und dieser Kampf legte natürlich auch Annas Nerven blank. Ausgerechnet in dieser Situation ihre Lebensgefährtin zu verlieren musste sie ganz besonders hart treffen.

Am nächsten Morgen wachte Elisa mit leichten Kopfschmerzen auf. Sie hatte unruhig geschlafen, wirre Traumfetzen von weitläufigen Kellern, in denen sie vergeblich nach einer Heizungsanlage suchte, und Zügen, die überallhin fuhren, nur nicht nach Lugano, schienen noch in der Luft zu hängen, als sie in die Küche ging, um ein Glas Wasser zu trinken.

Sie brauchte gar nicht erst aus dem Fenster zu schauen, sie wusste auch so, wie das Wetter war, das Rauschen und

Prasseln auf dem Dach sagte ihr genug. Von ihrem Zimmer aus konnte sie den Mühlbach sehen, der inzwischen die Wiese und Cosmas Garten zum großen Teil überflutet hatte. Von Elisas Lieblingsbank ragte lediglich die Rückenlehne und von der Holzbrücke das Geländer aus den Fluten. Immerhin war sie in dieser Nacht nicht weggespült worden.

Sie füllte Wasser und Kaffee in die Espressomaschine, stellte sie auf den Herd und schaltete das Radio ein, um den Wetterbericht zu hören – keine Änderung in Sicht, es würde auch die kommenden Tage weiterregnen. Als sie eine Meldung über Erdrutsche in verschiedenen Gegenden der Schweiz hörte, horchte sie auf.

»Mit anhaltenden Regenfällen besteht auch mancherorts die Gefahr von Bergstürzen«, hörte sie den Sprecher sagen.

»Guten Morgen, du Frühaufsteherin.« Danilo stand mit zerzausten Locken in der Küchentür.

Elisa schaltete das Radio aus und gab Danilo einen zärtlichen Kuss. »Sag mal, was sind denn Bergstürze?« fragte sie ihn.

»Bergstürze?« Auf einmal war er hellwach. »Wo soll es die geben?«

»Irgendwo in der Schweiz«, antwortete Elisa. »Wo genau, weiß ich nicht.«

»Sicher in Graubünden«, vermutete Danilo. »Da kommt so was häufiger vor.«

»Was bedeutet das?«, wiederholte Elisa ihre Frage. Die Espressomaschine begann zu brodeln und zu zischen. Elisa schaltete den Herd aus und schenkte ihnen beiden von der heißen, duftenden Flüssigkeit ein.

»Ein Bergsturz ist eine schlimme Sache.« Danilo nahm seine Tasse entgegen. »Das bedeutet, dass ganze Bergflanken ins Rutschen geraten und ins Tal niedergehen. Je nach Masse, die abstürzt, spricht man von Berg- oder von Felsstürzen.« Er trank vorsichtig einen Schluck von dem heißen Kaffee. »So manches Dorf wurde von ihnen schon begraben«, fuhr er fort.

»Du meinst Lawinen?«, fragte Elisa.

»Nein. Lawinen bestehen aus Schnee, Eis oder Schlamm«, erklärte Danilo. »Bei Berg- oder Felsstürzen kommt das pure Gestein herunter.«

Das klang wirklich ernst. »Dann wollen wir hoffen, dass das nicht passiert«, sagte Elisa. »Weder hier noch woanders.« Sie sah auf die Uhr. »Ich muss gleich los. Um neun sollte ich in der Villa sein.«

»Das trifft sich gut«, antwortete Danilo und trank seinen Kaffee aus. »Ich will auch früh in die Werkstatt, um alles für den Besuch vorzubereiten.«

Sie waren bereits um halb neun in Morione, und Elisa begleitete Danilo zur Werkstatt. Obwohl er Natascha für die Weihnachtswoche freigegeben hatte, stand die junge Frau an ihrem Arbeitstisch und feilte an einem Stück Klangholz.

»Ich dachte, ihr habt über Weihnachten geschlossen?«, fragte Elisa, nachdem sie sich begrüßt hatten. »Möchtest du nicht ein paar Tage Ferien machen?«

»Wozu?« Natascha hatte ihr langes blondes Haar, das sie stets in viele kleine Zöpfe geflochten trug, heute nicht aufgesteckt, sondern im Nacken mit einem Gummiband zusammengenommen. In dem grauen Werkzeugkittel leuchteten ihre Tätowierungen an ihren Armen und am Dekolleté umso farbenprächtiger. »Ich mach das hier so gern, warum sollte ich herumsitzen und mich langweilen?«

»Nicht dass du denkst, ich zwinge sie dazu, Elisa.« Danilo lächelte Natascha aufmunternd an, die nun mit einem winzigen Hobel geschickt über das Holz fuhr, sodass sich feine Späne kräuselten und den Raum mit dem Duft der Haselfichte erfüllten. Er sah sich suchend um. »Hast du die Instrumente für das McGonnary-Ensemble schon nach drüben gebracht?«

Natascha nickte. »Ja. Damit sie durch meine Arbeit nicht wieder staubig werden. Du hattest sie ja so schön poliert.«

Elisa folgte Danilo nach nebenan in den Ausstellungsraum, wo Kunden empfangen wurden. Hier hingen und standen in Vitrinen einige besonders wertvolle Stücke, die noch von Danilos Vater und Großvater stammten. Daneben hatte Natascha die vier Campanulas auf speziellen Ständern im Halbkreis angeordnet, und trotz des trüben Lichts, das durch die Fenster drang, verbreiteten die wunderschönen Exemplare in ihren schimmernden goldbraunen Lackierungen einen wahren Zauber. Um sie von den herkömmlichen Streichinstrumenten abzuheben, hatte Danilo die Zargen, die geschwungenen Seitenteile, nicht wie üblich in derselben Farbe lackiert, sondern in Absprache mit den Musikern, für die sie gebaut worden waren, in einem dunklen Türkis, der Farbe des Logos des Ensembles.

»Sie sehen wunderschön aus!« Elisa zupfte vorsichtig eine Saite an. »Sie sind noch nicht gestimmt?«

»Nein. Darum wollte ich dich bitten. Keiner macht das besser als du mit deinem unfehlbaren Gehör.«

Er hatte recht. Elisas Gehör war überdurchschnittlich, was aber auch dazu führte, dass sie empfindlich auf Lärm und Stress reagierte.

Nun nahm sie ein Instrument nach dem anderen in die Hand und passte die Tonhöhe der Saiten an. Dabei drehte sie die von Natascha handgedrechselten Wirbel vorsichtig und regulierte damit die Spannung. »Jedes einzelne klingt einfach fantastisch.« Sie wog einen der Bögen in der Hand. »Hat Romy die gemacht?«

»Ja«, antwortete Danilo, der gerade mit einem weichen Tuch liebevoll über die Lackierung der Bratsche fuhr, um auch das letzte Stäubchen wegzuwischen. »Ich bin gespannt, was die Musiker dazu sagen.«

»Ich bin sicher, sie werden begeistert sein.« Elisa nahm die Cello-Campanula noch einmal vom Ständer. Sie konnte der Versuchung nicht widerstehen, sie zum Klingen zu bringen. Seit einer Weile ging ihr eine bestimmte Melodie nicht mehr aus dem Kopf. Nun schloss Elisa die Augen und begann, sie zu spielen. Der volle Klang des Instruments erfüllte den Raum, und Elisa hatte das Gefühl, er müsste bis hinunter ins Dorf zu hören sein, so voluminös war er. Als sie die Augen wieder öffnete, sah sie, dass nicht nur Natascha aus der Werkstatt nebenan gekommen war, sondern auch die kleine Mimi vor ihr stand und ihr mit offenem Mund lauschte.

»Ich will auch so was als Geige«, sagte sie und wandte sich zu Danilo um. »Machst du mir eine?«

Elisa sah, wie Danilo verschmitzt lächelte. Sie tauschte einen komplizenhaften Blick mit Natascha, denn nur sie beide wussten, dass Danilo für Mimi bereits eine wunderschöne Geigen-Campanula in Kindergröße gebaut hatte. Seit ihrem dritten Lebensjahr lernte Mimi mit großer Begeisterung das Geigenspiel und hatte bisher die Freude daran nicht verloren. Auch wenn Romy meinte, dass das Üben mitunter nur schwer zu ertragen sei.

»Mal sehen«, antwortete Danilo auf Mimis Frage. »Spielst du uns an Weihnachten etwas vor?«

Mimi nickte ernst. »Alle Weihnachtslieder«, verkündete sie stolz. »Am besten kann ich *Noi Siamo I Tre Re*.«

»Das kenne ich gar nicht«, meinte Natascha.

»Ein Tessiner Weihnachtslied zu Ehren der Heiligen Drei Könige«, erklärte Danilo.

»Soll ich es euch vorspielen?« Mimi wartete die Antwort gar nicht erst ab, sondern rannte los, um ihre Geige zu holen.

»Du spielst so wunderschön«, sagte Natascha andächtig zu Elisa. »Ich wünschte, ich könnte das auch.«

»Wenn du willst, bringe ich es dir bei«, antwortete Elisa spontan.

»Wirklich? Würdest du das tun?« Natascha strahlte geradezu.

»Zuerst brauchst du ein Instrument«, wandte Danilo ein. »Wie wäre es, wenn du dir deine eigene Campanula baust?«

Natascha sah ihn an, als sei es bereits Weihnachten und sie hätte ein großartiges Geschenk bekommen. »Darf ich das denn?«

»Nun ja, es ist natürlich nicht üblich, dass Auszubildende nach einem halben Jahr schon ein ganzes Instrument bauen«, räumte Danilo ein. »Aber du bist auch keine übliche Auszubildende. Man sieht einfach sofort, dass du ein Gefühl für Holz hast. Das kommt bestimmt von deinen Vorkenntnissen als Drechslerin.«

Natascha strahlte. »Ich würde mir furchtbar gern eine Campanula bauen«, sagte sie.

»Dann fängst du im Januar gleich damit an.«

Die Tür wurde geöffnet, und Mimi drängte herein, ihre kleine Kindergeige unter dem Arm. »Wollt ihr das Lied hören?« Sie wartete auch diesmal die Antwort nicht ab, sondern klemmte sich die Violine unter das Kinn und begann zu spielen.

Elisa, die sie schon lange nicht mehr gehört hatte, lauschte fasziniert. Das Mädchen spielte die einfache Melodie sauber und rein, die Töne perlten nur so. Ob sich da womöglich gerade ein echtes Talent entwickelte?

»Das war sehr schön«, lobte sie die Kleine, als diese geendet hatte. »Ich freu mich schon aufs Weihnachtsfest, wenn du uns noch mehr Kostproben gibst. Vielleicht spielen wir mal zusammen, was meinst du?«

Mimi schenkte ihr ein bezauberndes Lächeln. »Das können wir gerne mal machen«, gab sie großzügig zurück, so als sei sie eine berühmte Künstlerin und Elisa ihre Bewunderin.

Über alldem hätte Elisa die Zeit fast vergessen. Hastig brach sie auf und eilte den Gartenweg hinauf, der das Haus der Fasettis mit dem Grundstück der Villa verband. Die feuchten

Stämme der Rosenholzbäume schimmerten schwarz, und die Sträucher in dem kleinen Wäldchen trieften nur so vor Nässe. Elisa hatte sich die Kapuze ihrer Regenjacke übergezogen und legte das letzte Stück durch den Rosengarten im Laufschritt zurück.

Vor dem Hintereingang, der auf den Kräutergarten hinausging, blieb sie stehen und suchte den Schlüssel heraus. Als sie aufschloss und die Tür öffnete, sah sie sich unvermittelt Adrien Dufois gegenüber. Überrascht fuhr er zusammen. »Guten Morgen«, sagte Elisa. »Tut mir leid, wenn ich dich erschreckt habe.«

»Das Personal kommt wie üblich durch die Hintertür«, gab Adrien zurück, nachdem er sich gefangen hatte. »Ist ja so üblich.«

Elisa sog scharf die Luft ein. Dann legte sie die Regenjacke ab und hängte sie zum Trocknen über einen Stuhl. »Adrien«, sagte sie ernst. »Findest du nicht auch, dass wir aus dem Alter heraus sind, in dem man sich solche Gemeinheiten an den Kopf wirft? Dein Aufenthalt hier wird auch für dich sicher viel angenehmer sein, wenn wir einander höflich und respektvoll begegnen.« Adrien wirkte verdutzt, dann wandte er den Blick ab. Er machte sich an der Kaffeemaschine zu schaffen und drückte wild auf den Knöpfen herum.

Elisa seufzte innerlich und holte ein kleines Heft aus einer Schublade. »Hier ist die Gebrauchsanweisung«, sagte sie und reichte es ihm.

Ein Schlüssel wurde von außen ins Schloss gesteckt, gleich darauf ging die Tür auf, und Serafina starrte sie verblüfft an.

»Guten Morgen«, begrüßte Elisa sie. »Darf ich dir unseren Gast vorstellen? Monsieur Dufois. Er ist gestern angekommen.«

»*Buongiorno!* Und herzlich willkommen, Signor Dufois!« Serafina ließ den Blick nicht von Adrien, der nach wie vor die Maschine malträtierte, während sie ihren nassen Mantel auszog und an den Garderobenhaken neben der Tür hängte. Dann strich sie sich die kleinen Löckchen aus dem Gesicht, die sich aus ihrem dunklen Dutt gelöst hatten, mit dem sie ihre wilde Mähne zu bändigen versuchte. »Darf ich Ihnen helfen?«

Mit einem Lächeln schob sie Adrien ein Stück beiseite und brachte die von ihm blockierte Maschine mit wenigen Griffen wieder zum Laufen. »Wie hätten Sie Ihren Kaffee denn gern?«

»Einen *café au lait,* bitte«, antwortete Adrien verdrossen.

Serafina sah hilfesuchend zu Elisa.

»Einen Milchkaffee«, übersetzte diese und schloss kurz die Augen, um nicht zu zeigen, wie genervt sie war. Konnte sich dieser Mann nicht ein klein wenig bemühen? »Serafina spricht kein Französisch«, sagte sie geduldig. »Soviel ich weiß, kannst du hingegen sehr gut Italienisch. Und nun lasst uns deinen Speiseplan besprechen und wo du gern die Mahlzeiten einnehmen möchtest. Im Esszimmer? Oder bei dir oben? Und um welche Uhrzeit?«

Auch sie ließ sich von Serafina noch einen Milchkaffee machen und lauschte Serafina, die Adrien in ihrer unbefangenen, liebenswürdigen Art nach seinen Essensgewohnheiten ausfragte. Tatsächlich wünschte er sich, auf seinem Zimmer zu speisen, und Elisa atmete unwillkürlich auf. Dann rief sie sich ins Gedächtnis, was Alexander über seine verzweifelte Lage erzählt hatte, und ihr Ärger schwand ein wenig. »Heute Mittag haben wir Gäste«, sagte sie. »Das McGonnary-Streichquartett wird zum Essen hier sein. Du kennst Michael und die anderen doch bestimmt. Möchtest du dich uns anschließen?«

Erstaunt sah Elisa, wie Adrien bleich wurde und den Kopf schüttelte. »Ich hoffe, hier geht es nicht jeden Tag zu wie im Taubenschlag«, gab er zurück.

»Nun, an Weihnachten werden wir eine große Festgesellschaft sein.« Elisa sah ihm prüfend in die Augen, während Serafina sich daranmachte, Adriens Frühstück zuzubereiten. »Wie es aussieht, sind wir vierzehn Gäste. Selbstverständlich bist auch du eingeladen.«

Adrien schien wenig begeistert. »*On verra*«, sagte er vage. »Wir werden sehen.« Und damit verließ er ziemlich abrupt die Küche.

»Was meint er damit?«, wollte Serafina verwirrt wissen.

»Er muss sich wohl erst noch überlegen, ob er mit uns Weihnachten feiern will.«

»Reist er denn wieder ab?«

»Soviel ich weiß, nicht.«

Serafina sah sie aus großen Augen an. »Er will doch nicht etwa auf seinem Zimmer bleiben, während wir feiern?« Elisa zuckte mit den Schultern. »Sag mal«, fuhr Serafina fort, »sind eigentlich alle Franzosen so?«

Elisa musste wider Willen lachen. »Nein, Serafina, zum Glück nicht. Adrien macht gerade eine ziemlich schwierige

Zeit durch. Ich fürchte, alle, die hierherkommen, werden recht niedergeschlagen sein aufgrund ihrer Krankheit. Wir haben einfach Geduld mit ihnen.«

»*Certo!*«, versicherte ihr die junge Frau. »Schließlich sind sie alle Gäste des *professore.*«

Elisa nickte gerührt. *Il professore,* so hatte Serafina ihren verstorbenen Großvater immer genannt. Obwohl Niklas Eschbach mitunter ziemlich anstrengend gewesen war, hatte die junge Frau ihn sehr verehrt, und nie war auch nur die leiseste Klage von ihr zu hören gewesen. »So ist es«, stimmte Elisa ihr zu. »Mein Großvater wäre sehr stolz auf dich. Übrigens kommt meine Mutter in ein paar Stunden, sie bleibt über Weihnachten. Bist du so nett und bereitest eines der freien Zimmer für sie vor, wenn Adrien sein Frühstück bekommen hat?«

»Sehr gern! Kommt sie schon zum Mittagessen?«

»Das weiß ich noch nicht. Vermutlich ja. Ist das in Ordnung?«

»Natürlich«, versicherte Serafina und machte sich am Kühlschrank zu schaffen. »Euch und die Musiker habe ich längst eingeplant. Da kommt es auf eine weitere Person nicht an.« Sie stellte eine große Kasserole auf den Tisch. »Ich habe Wildschwein-*Ragù* gemacht. Wie schön, dass deine *mamma* an Weihnachten auch hier ist. Ich bereite das große Zimmer des *professore* für sie und Signora Caren vor. *Va bene?*«

»Caren kommt leider nicht mit«, sagte Elisa.

»Nicht? Sie feiern Weihnachten nicht zusammen?« Und als sie sah, dass Elisa betrübt den Kopf schüttelte, rief sie aus: »*O Madonna!* Sag mir nicht, dass sich die beiden getrennt haben!«

»Doch, leider. Auch meine Mutter hat es gerade nicht leicht.« Es war typisch für Serafina, dass sie ohne große Erklärungen gleich erfasste, was in der Luft lag. Kein Wunder war sie so etwas wie Teil der Familie geworden, zumal sie selbst zu Hause niemanden hatte, der auf sie wartete.

»Oh, nein!« Sie wirkte geradezu niedergeschlagen. »Das ist wirklich traurig.«

Und Elisa konnte ihr da nur zustimmen.

Sie bat Serafina, ihr nach Annas Ankunft eine Kurznachricht zu schicken, und lief zurück zur Werkstatt. Der Regen hatte aufgehört, und die Sonne brach durch die Wolken, entzündete dabei ein wahres Glitzerfest an Bäumen und Sträuchern. Was zuvor in graues Einerlei getaucht gewesen war, erstrahlte in intensiven Farben. Ein Regenbogen spannte sich über dem See tief unter ihr, und Elisa blieb einen Augenblick lang wie geblendet stehen. Alles schimmerte und schillerte wie in einem Feenreich, und von dem nassen Grund stieg ein herber Duft nach Erde, Laub und Gras auf wie eine Hoffnung auf den Frühling. Doch der Schein trog, schließlich hatte am Tag zuvor der kalendarische Winter begonnen, und schon als Elisa den Rosenholz-Hain erreicht hatte, zogen die Wolken sich wie ein Theatervorhang wieder zu und verbargen die Sonne. Wind kam auf, und Elisa beeilte sich, die letzten Terrassen des Parks hinter sich zu lassen.

Im Hof stand ein dunkler Van mit dem Logo des Quartetts, die Musiker waren also bereits eingetroffen. Aus dem

Ausstellungsraum drangen fröhliche Stimmen, und Elisa wurde von allen herzlich begrüßt.

»Wir überlegen gerade, wo wir die Instrumente am besten zusammen ausprobieren«, sagte Michael McGonnary, der Gründer des Ensembles, und drehte und wendete die Campanula in Form einer Geige, die Danilo für ihn angefertigt hatte. »Der Raum hier ist zu klein, der Klang wird sich kaum entfalten können.«

»Warum probieren wir es nicht in der Rosenholzvilla?«, schlug Elisa vor. »Das Musikzimmer ist dafür wie geschaffen. Wir wollen dort oben ohnehin gemeinsam zu Mittag essen. Also gehen wir am besten gleich hoch.«

»Wie nett! Vielen Dank!«, sagte Eva Heart, die Zweite Violinistin des Ensembles. »Wir hatten gar nicht vorgehabt, zum Mittagessen zu bleiben.«

»Aber ihr habt doch Zeit?«, fragte Elisa besorgt. Sie hatten sich alle anlässlich der Trauerfeier ihres Großvaters kennengelernt und sofort gut verstanden.

»Ja. Wir müssen erst heute Abend in Zürich sein«, antwortete Michael McGonnary. »Vielen Dank für die Einladung.«

»Dann lasst uns gleich aufbrechen«, schlug Danilo vor.

»Aber was machen wir mit dir, Volker? Kannst du denn spielen?« Eva wies auf die linke Hand des Cellisten. Jetzt erst fiel Elisa das Pflaster an seinem Zeigefinger auf.

»Ich fürchte, nein.« Volker wirkte richtig unglücklich.

»Oje, was ist denn passiert?«, fragte Elisa mitfühlend.

»Ich hab mich heute Morgen beim Brotaufschneiden geschnitten«, gab Volker zurück. »Genau vorne an der

Fingerspitze. Aber ihr könnt ja einfach etwas ohne mich proben.«

»Elisa könnte den Cello-Part übernehmen«, schlug Danilo vor. »Dann kann Volker wenigstens hören, wie seine neue Campanula klingt.«

»Ja, das ist eine gute Idee!« Volker strahlte. »Ich wollte dich ohnehin so gerne noch mal hören, Elisa. An Niklas' Trauerfeier hast du wunderschön gespielt.«

»Welches Stück habt ihr denn im Sinn?«, fragte Elisa und fühlte, wie Nervosität in ihr aufstieg.

»Etwas Langsames, Getragenes«, schlug Wolfram vor. »Damit sich der Klang entfalten kann. Wie wäre es mit dem 3. Satz von Beethovens Rasumowsky-Quartett Nummer 7?«

Elisa wurde es ganz heiß. Natürlich kannte sie das weltberühmte Stück und hatte es früher tatsächlich einmal bei einem Festival gespielt. »Na ja, es ist lange her …«, wandte sie ein.

»Ach, das liest du doch vom Blatt«, sagte Volker im Brustton der Überzeugung.

»Und wir musizieren ja nur so zum Spaß unter uns«, fiel Eva eifrig ein. »Keiner hört zu.«

»Aber ich will zuhören«, ließ Mimi sich vernehmen, und alle lachten.

»Natürlich darfst du zuhören.« Elisa hatte immer noch das Gefühl, dass ihre Wangen glühten.

»Natascha und ich auch, oder?« Danilos Augen sprühten vor Freude. »Dann lasst uns gleich die Instrumente einpacken und hochfahren. Es hat keinen Sinn, sie durch den Regen zu tragen.«

Gesagt, getan. Während Elisa zu Fuß vorausging, um im Musikzimmer alles vorzubereiten, wurden die neuen Campanulas in ihre Instrumentenkoffer gepackt, in den Van verladen und zur Rosenholzvilla gefahren.

Als die Musiker ankamen, hatte Elisa bereits vier Stühle im Halbkreis aufgestellt, Notenständer herbeigeholt und für Getränke gesorgt. Sie hatte in Niklas' Schrank nachgesehen und tatsächlich die Noten für das Beethoven-Quartett gefunden. Es war eine von Niklas' Lieblingskompositionen gewesen. Und wenig später saß sie zwischen Eva und Wolfram und intonierte gemeinsam mit den anderen das ausdrucksvolle Stück.

Auch Mariella war mitgekommen, die nun Mimi auf den Schoß nahm und gemeinsam mit Volker, Danilo und Natascha mit verzauberter Miene lauschte, wie sich nach und nach die einzelnen Stimmen erhoben, ineinander verwoben und in dem großen Raum und schließlich in der gesamten Villa ausbreiteten. Die Musik lockte auch Serafina herbei, die sich leise zu Natascha setzte.

Nach wenigen Takten fiel jede Unsicherheit von Elisa ab. Wie von selbst fanden ihre Hände die richtigen Töne, und gemeinsam mit diesen großartigen Kolleginnen und Kollegen zu spielen, erfüllte sie mit einem lange vergessenen Glücksgefühl. Immer deutlicher trat nun der besondere Charakter von Danilos Instrumentenbaukunst zutage, und war dieses Musikstück ohnehin schon ein bewegender Hörgenuss, so sorgte der einzigartige Klang der Campanulas dafür, dass sein Ausdruck noch stärker zur Geltung kam. Michael, Eva und Wolfram empfanden das offenbar ähnlich, die Blicke, die sie einander zuwarfen, sprachen Bände.

Eine Bewegung an der großen Tür zum Foyer lenkte Elisa einen Moment lang ab. Adrien Dufois war hereingekommen und unter dem Türstock stehengeblieben. Nervosität wollte in Elisa aufflammen, doch sie riss sich zusammen und konzentrierte sich ganz und gar auf ihr Spiel. Es gelang ihr, Adriens Anwesenheit aus ihren Gedanken zu verdrängen, und im Mittelteil des Stücks spielte sie die gefühlvolle Melodie mit einem solchen Schmelz, dass sie dafür anerkennende Blicke ihrer Mitspieler erntete.

Als das Stück zu Ende war, herrschte einige Momente lang Schweigen.

»Da hast du wirklich etwas Besonderes erschaffen, Danilo«, sagte Michael schließlich. »Diese Instrumente sind unglaublich. Du hast nicht zu viel versprochen.«

»War das vorhin nicht Adrien Dufois?«, fragte Volker Cispi beim Essen.

»Ja, das war er.« Elisa reichte den Brotkorb weiter.

»Na so was«, warf Michael McGonnary ein. »Ich versuche ihn schon seit heute Morgen zu erreichen. Wir suchen einen Ersatz für Volker. Du wirst morgen ja nicht spielen können, oder?«

Volker Cispi bewegte vorsichtig seinen Finger und schüttelte dann niedergeschlagen den Kopf.

»Das ist wirklich schade. Aber Adrien wird euch nicht

helfen können«, erklärte Elisa. »Er hat Probleme mit der Daumensehne an seiner rechten Hand.«

»Oh, das ist schlimm«, sagte Volker voller Mitgefühl.

»Ja. Deshalb ist er Gast der Niklas-Eschbach-Stiftung, um sich zu erholen. Leider möchte er nicht mit uns essen.« Elisa hatte Serafina gebeten, ihn erneut zu ihnen an den Tisch einzuladen, doch er hatte es abgelehnt.

Volker Cispi sah sie aufmunternd an. »Wie wäre es denn mit dir?«

»Ich?«, fragte Elisa erschrocken. »Nein. Ich weiß ja nicht einmal, was ihr spielen werdet. Und außerdem … ich bin ganz außer Übung.«

»Das hat sich vorhin aber nicht so angehört«, warf Wolfram ein, der Bratschist. »Wenn du willst, gehen wir nachher das Programm miteinander durch und …«

»Nein, wirklich … ich halte das für keine gute Idee …« Elisa brach der kalte Schweiß aus bei dem Gedanken.

»Elisa hat recht«, sprang ihr Michael mit der Autorität des Ensembleleiters bei. »Danilo hat vorhin erzählt, dass du über dein Comeback nachdenkst. Da springt man nicht einfach so ohne Vorbereitung aufs Podium.« Elisa atmete erleichtert auf. »Aber du sollst wissen: Wir würden in Zukunft alle gerne mit dir arbeiten. Unglaublich, wie du dich gerade in unser Zusammenspiel eingefügt hast.«

»Danke«, sagte Elisa leise. Ihr hatte das gemeinsame Musizieren auch großen Spaß gemacht.

»Werdet ihr auf den Campanulas spielen?«, fragte Danilo hoffnungsvoll.

Doch Michael schüttelte den Kopf. »Nein. Wir müssen uns erst an die neuen Instrumente gewöhnen.« Er sah die anderen an. »Oder was meint ihr?«

»Auf alle Fälle«, erklärte Eva. »Und wir müssen uns gut überlegen, zu welchen Stücken sie überhaupt passen.«

In diesem Moment läutete es, und alle fuhren zusammen. Es klang wie Kirchenglocken – eine skurrile Idee von Niklas Eschbach, der das sehr lustig gefunden hatte.

»Himmel«, rief Eva, während Elisa aufsprang. »Was ist denn das?«

»Ich denke, es ist meine Mutter«, antwortete Elisa verlegen. »Tut mir leid. Wir sollten endlich eine neue Klingel einbauen lassen.«

4
Der Christbaum

»Möchtest du mit uns essen?«, fragte Elisa ihre Mutter, nachdem sie sie auf das Zimmer begleitet hatte. »Serafina hat ein sensationelles Wildschwein-*Ragù* gekocht.«

Anna winkte ab. »Danke, aber ich bin nicht hungrig.« Elisa musterte sie besorgt. Anna Eschbach kam ganz nach ihrer italienischen Mutter mit ihrem dunklen, schulterlangen Haar, den glutvollen Augen und den sinnlichen Lippen. Und das nicht nur im Aussehen, sie hatte auch das leidenschaftliche Temperament von Paulina geerbt, die eine gefeierte Opernsängerin gewesen war. An diesem Tag jedoch wirkte Anna so niedergeschlagen, wie Elisa sich nicht erinnern konnte, sie jemals erlebt zu haben. »Ich möchte mich einfach nur ausruhen«, sagte Anna matt. »Mach dir keine Gedanken um mich.«

»Bist du sicher?«

»Aber ja.« Anna schenkte ihrer Tochter ein müdes Lächeln, dann sah sie sich in dem großen Zimmer um, das früher ihr Vater bewohnt hatte. Ihr Blick blieb an der großen Schwarz-Weiß-Aufnahme hängen, die Niklas Eschbach beim Dirigieren zeigte. »Da hast du mir ja ein schönes Zimmer ausgesucht.« Sie seufzte. »Wie soll ich mich denn entspannen, wenn *er* mich dauernd ansieht?« Anna hatte kein besonders gutes Verhältnis zu ihrem Vater gehabt, auch wenn sie sich im Augenblick seines Todes mit ihm ausgesöhnt hatte.

»Wenn du willst, hängen wir ein anderes Foto auf«, schlug Elisa vor, aber Anna winkte ab. »Soll Serafina dir eine Tasse Kaffee bringen? Oder einen Kräutertee?«

»Mineralwasser reicht vollkommen.« Anna deutete auf die Flasche, die auf dem Tisch stand. »Alles, was ich brauche, ist ein bisschen Ruhe. Und vor allem möchte ich heute nicht mehr unter Menschen. Wer ist denn alles hier?«

»Das McGonnary-Ensemble«, erzählte Elisa. »Aber keine Sorge. Die Musiker reisen nach dem Essen wieder ab. Sven kommt morgen. Im Augenblick wohnt außer dir nur Adrien Dufois in der Villa. Und wie es aussieht, will auch er lieber allein sein. Er nimmt die Mahlzeiten auf seinem Zimmer ein.« Anna nickte erleichtert. »Ich werde Serafina bitten, auch dir etwas fürs Abendessen hochzubringen. Und morgen sehen wir weiter.«

»Danke, mein Schatz.« Anna legte endlich ihren Mantel ab und trat ans Fenster. Graue Nebelschwaden zogen über den Luganer See. »Ich hab immer geglaubt, dass im Tessin selbst im Winter die Sonne scheint. Offenbar ist das ein Gerücht, um Touristen anzulocken.«

»Keine Ahnung, was dieses Jahr los ist.« Elisa ging zögernd zur Tür. »Ruf mich an, wenn du etwas brauchst. Auch wenn du einfach reden möchtest.«

Anna warf ihr einen Blick zu, der Herzen aus Stein hätte erweichen können. »Danke.«

Draußen auf der Galerie lauschte Elisa kurz in Richtung Adriens Zimmer. Dabei fiel ihr Blick auf die Fotografien, die in schlichten Rahmen zwischen den Zimmertüren hingen. Sie zeigten sie selbst als Teenager auf dem Höhepunkt ihrer Karriere, und auf jedem der Bilder hielt sie ihr Cello im Arm. Jenes Cello, das jetzt Adrien gehörte.

Nachdem Anna so empfindlich auf Niklas' Porträt reagiert hatte, fragte Elisa sich nun, was Adrien wohl empfand, wenn er diese Zeugnisse ihres damaligen Triumphes ansah. Jetzt erst wurde ihr bewusst, wie sehr er vermutlich darunter gelitten hatte, dass es ihm nie gelungen war, sie zu besiegen. Bis sie eines Tages von der Bildfläche verschwunden und der Weg für ihn frei gewesen war.

Was war dann eigentlich aus ihm geworden? Sie beschloss, seine Karriere nachzurecherchieren. Oder Alexander zu fragen, der als Konzertmanager sicher darüber Bescheid wusste. Und doch ahnte Elisa, dass ihr Ausscheiden aus dem Konzertleben damals für Adrien keineswegs den erwünschten Erfolg gebracht hatte. Musste das nicht noch bitterer für ihn gewesen sein? Erklärte das, warum er so unfreundlich zu ihr war?

Rasch ging sie hinunter ins Esszimmer, wo Serafina ihr sogleich ihren Teller wiederbrachte, den sie in der Zwischenzeit warmgestellt hatte.

Nach dem Essen verabschiedeten sich die Musiker, und Elisa bat Serafina, ihrer Mutter eine Wärmflasche und außerdem einen Tee aus den Wildkräutern zu bringen, die sie im Sommer gesammelt hatten. Wenn es ihr selbst nicht gut ging, wirkte dieser Wunder, und sie hoffte, dass er auch Anna wohltun würde. Auf einmal hob sie lauschend den Kopf. »Was ist denn da draußen los?«, fragte sie. Von der Einfahrt drang lautes Rattern und Dröhnen herein.

»Hört sich an wie ein Traktor«, meinte Serafina.

Sie liefen zur Eingangstür. Tatsächlich. Ein Traktor in leuchtendem Sonnenblumengelb hielt vor der Freitreppe. Auf seinem Anhänger war ein großer Tannenbaum von gut drei Meter Länge festgebunden.

»Ein Christbaum!« Serafina klatschte vor Freude in die Hände.

Aus dem Führerhaus sprang ein Mann herunter und winkte ihnen fröhlich zu. Es war Dante, der von einem Ohr bis zum anderen grinste. »Na, gefällt er euch?«, rief er ihnen über den Lärm hinweg zu. Endlich erstarb der Motor, und ein junger Mann im Blaumann stieg aus. »Darf ich euch vorstellen? Das ist mein Freund Nello. Von ihm kommt auch der leckere Schinken, den ich neulich mitgebracht habe.«

»*Ciao,* Nello«, begrüßte Elisa den Bauern herzlich. »Stammt dieser prächtige Baum etwa von eurem Hof?«

Nello schob sich verlegen seine Mütze etwas weiter in den Nacken und nickte.

»Ich würde mal sagen, es ist die schönste Tanne aus dem Wald deiner Familie, stimmt's?«, half Dante nach.

»Es ist schon eine der schöneren«, räumte Nello ein und betrachtete sichtlich beeindruckt die Fassade der Villa.

»Komm, dann bringen wir das gute Stück mal rein, ehe es wieder anfängt zu regnen«, schlug Dante vor, und Nello ging, um die Riemen zu lösen, mit denen der Baum auf der Ladefläche festgezurrt war. »Wo soll er denn hin?«

»Zu Niklas' Zeiten stand er immer im Foyer«, sagte Elisa nachdenklich.

»Aber das fand ich eigentlich ein bisschen schade«, wandte Serafina ein. »Im Foyer hält man sich ja gar nicht auf.«

»Wie wäre es mit dem Esszimmer?«, schlug Dante vor. »An Weihnachten ist man ja ständig am Essen und verbringt die meiste Zeit dort.«

»Ja, aber im Musikzimmer haben wir noch mehr von dem Baum«, fand Elisa. »Und dort ist am meisten Platz.«

»Wie hoch ist die Tanne denn?«, fragte Serafina. »Passt sie überhaupt rein?«

»Ganz sicher«, beruhigte Dante sie. »In diesen Räumen wird sie direkt zierlich wirken.«

Elisa und Serafina eilten in die Villa und schoben im Musikzimmer den großen Konzertflügel ein wenig zur Seite.

»Hier.« Elisa wies auf ein paar Quadratmeter direkt vor einer der drei großen Terrassentüren, durch die man über den Park hinweg einen fantastischen Blick auf den Luganer See hatte. »Ich glaube, das ist der beste Platz. Wartet, ich hol mal eben den Christbaumständer vom Speicher.«

»Ich komme mit und trage die Kiste mit der Weihnachtsdeko.«

Gemeinsam mit Serafina rannte Elisa ausgelassen die Treppe ins Oberschloss hinauf und nahm dabei zwei Stufen auf einmal. Eine unbändige Freude hatte sie erfasst. Auch als Kind hatte sie häufig die Festtage hier bei ihrem Großvater verbracht und schon damals die Kugeln und die filigranen Engel aus Wachs über alles geliebt, mit denen die Tanne geschmückt wurde. Der Christbaum der Rosenholzvilla war ganz in Gold gehalten, mit goldenen Kugeln und in goldenen Brokat gekleideten Engeln, von denen jeder ein Musikinstrument spielte. Während sie nun voller Vorfreude zu der unauffälligen Tapetentür lief, die zum Speicher führte, bemerkte sie Adrien erst, als er sich ihr in den Weg stellte.

»Was ist denn hier los?«, fragte er genervt.

»Der Christbaum wird aufgestellt«, antwortete sie ihm fröhlich. Sie würde sich ihre gute Laune nicht verderben lassen. Nicht von Adrien. »Möchtest du beim Schmücken helfen?«

Elisa hätte niemals geglaubt, dass er ihre Frage ernst nehmen könnte. Und doch kam Adrien nach einer Weile ins Musikzimmer und sah zu, wie Dante und Nello gemeinsam den riesigen Baum aufstellten.

»Etwas weiter nach links, bitte«, dirigierte er die beiden. »Von hier aus gesehen steht er noch etwas schief.«

Elisa verließ hastig den Raum, so sehr musste sie darüber lachen, aber da sich weder Dante noch Nello daran zu stören schienen, ließ sie die drei einfach machen und ging in die Küche.

»Schau mal, der hier lag für dich im Briefkasten.« Serafina reichte ihr einen Umschlag.

Elisa drehte ihn um. Ladina Faver stand dort, der Name der Physiotherapeutin, die nach den Feiertagen bei der Stiftung anfangen würde. Sie riss den Umschlag auf und faltete das Schreiben auf, das sich darin befand. »Das darf nicht wahr sein«, entfuhr es ihr, und Serafina warf ihr einen besorgten Blick zu. »Eine Kündigung! Noch ehe die Frau überhaupt angefangen hat!« Elisa knallte den Brief auf den Tisch und sank auf einen Stuhl. »Sie will lieber in Chur bleiben und hat dort eine Stelle gefunden. Jetzt geht die Suche wieder von vorne los«, stöhnte sie. Ach, wie sehr sie Amadou vermisste. Wenn er doch nur zurückkäme! Vielleicht sollte sie ihm einfach noch mal schreiben?

Mit lautem Getöse fuhr draußen der Traktor vom Hof.

»Was ist denn das für ein Lärm?« Anna stand in der Tür, ein flauschiges Umschlagtuch um die Schultern geschlungen.

»Der Christbaum wurde gerade aufgestellt.« Elisa steckte Ladinas Kündigung in die Tasche und erhob sich. »Haben wir dich gestört?«

»Ich war gerade so schön eingeschlafen«, maulte Anna. »Ihr habt mich geweckt.«

»Das tut mir leid.« Elisa schloss ihre Mutter liebevoll in ihre Arme, und obwohl Anna fast einen Kopf größer war als Elisa, schmiegte sie sich an sie. »Möchtest du beim Dekorieren helfen?«, flüsterte Elisa ihr ins Ohr. »Dabei kann ich dir gleich Adrien vorstellen.«

Anna schreckte auf. »Nein, auf keinen Fall.« Sie fuhr sich

mit den Fingern durch das schulterlange, zerzauste Haar. »Ich kann mich doch nicht *so* vor fremden Menschen zeigen!«

»Dann mach dich halt ein bisschen zurecht«, schlug Elisa vor, die genau wusste, dass sich ihre Mutter gleich viel besser fühlen würde, wenn sie eine ihrer eigenen Modekreationen trug und sich ein wenig geschminkt hatte.

»Meinst du?«

»Absolut. Du kannst dich nicht die ganze Zeit auf dem Zimmer oben verstecken«, gab Elisa zu bedenken. »Früher oder später musst du wieder unter Leute.«

Gedankenverloren sah Anna hinaus in den Park. Im Rosengarten leuchteten vereinzelte Blüten im Zwielicht des trüben Winternachmittags unwirklich auf. »Wer ist denn noch hier?«, fragte sie, als fröhliches Lachen aus dem Musikzimmer drang.

»Dante«, antwortete Elisa geduldig. Ihre so weltgewandte Mutter derart scheu zu erleben war für sie eine verwirrende Erfahrung. »Sein Freund Nello hat den Baum gebracht. Es könnte sicher nicht schaden, wenn jemand mit deinem Sinn für Schönheit ein Auge darauf haben könnte.«

»Na gut.« Anna seufzte tief auf und verließ die Küche.

Elisa lauschte. Wieder wurde im Musikzimmer herzlich gelacht. Offenbar verstand Dante sich gar nicht so schlecht mit Adrien.

Elisa besprach mit Serafina den Speiseplan für die Feiertage, dann gab sie ihr für den Rest des Nachmittages frei. Zum Abendessen hatte die Haushälterin im Kühlschrank *vitello tonnato* vorbereitet, hauchfein aufgeschnittenen Kalbsbraten mit Thunfisch-Kapern-Soße, eines von Elisas Lieblingsgerichten. Außerdem gab es noch Käse aus der Region und knuspriges Landbrot.

Sie schickte Amadou eine Sprachnachricht und bat ihn zum x-ten Male, sich zu melden, damit sie wüssten, ob es ihm gut ging. Dann grüßte sie ihn von allen und besonders von Cosma. »Frohe Weihnachten«, schloss sie die Nachricht und drückte auf Senden.

Als sie vorsichtig ins Musikzimmer spähte, entdeckte sie Anna in bequemen wollweißen Strickleggins und einem gleichfarbigen Longpullover, das Gesicht unauffällig geschminkt. Und Elisa konnte nicht anders, als ihre schöne Mama zu bewundern, die mit ihren zweiundfünfzig Jahren aussah wie ein Model. Sie hängte Kugeln und Wachsengel an den Baum, die Adrien ihr mit seiner unverletzten linken Hand vorsichtig reichte. Dante stand auf einer hohen Leiter, die er wohl im Gerätehäuschen draußen im Park gefunden hatte, um die Lichterkette zu befestigen. Elisa überlegte, ob sie mithelfen sollte, doch sie entschied sich dagegen. In ihrer Gegenwart hätte Adrien bestimmt wieder seine Stacheln gezeigt.

»Passen Sie gut auf«, sagte Anna gerade zu ihm, als er im Begriff war, eine weitere Figur aus der Kiste zu nehmen. »Diesen Engel hat Niklas damals nach Elisa gestalten lassen.« Verdutzt betrachtete Adrien die fragile Figur. Auch Elisa hatte davon noch nie etwas gehört und fragte sich, ob ihre Mutter Adrien womöglich auf den Arm nahm. »Damals war sie gerade mal drei Jahre alt«, fuhr Anna fort, und auf einmal war Elisa sicher, dass sie keine Scherze machte. »Er wollte mich damit überraschen.« Sie nahm Adrien den Anhänger aus der Hand. »Und das ist ihm auch tatsächlich gelungen.«

»Sie war damals erst drei?«, fragte Adrien ungläubig. »Elisa hat so früh mit dem Cellospielen begonnen?«

Offenbar hielt der Engel ein solches Instrument in seinen wächsernen Händen.

»Nein«, antwortete Anna. »Das ist es ja. Er hat es schon damals geplant, noch bevor man wissen konnte, ob sie das überhaupt wollte.« Sie hängte den Christbaumschmuck an einen Zweig. »Von da an war mir allerdings auch klar, dass er alles tun würde, um sie mir wegzunehmen.«

»Ihnen wegzunehmen?«, fragte Adrien verblüfft. »Warum denn das?«

»Um aus ihr ein Wunderkind zu machen«, antwortete Anna ernst. »So wie er es mit mir schon versucht hatte.«

Ein paar Atemzüge lang war es still im Musikzimmer, und Elisa begann sich unwohl zu fühlen, doch es war nicht der richtige Moment, um sich bemerkbar zu machen. Auch Dante verhielt sich oben auf seiner Leiter ganz ruhig und schraubte an dem Elektroanschluss der Lichterkette herum.

»Also *ich* hätte mir gewünscht, einen solchen Großvater zu haben«, sagte Adrien schließlich leise. »Bei mir zu Hause hat sich nie jemand um mich gekümmert. Schon von klein auf musste ich mir jeden Musikunterricht hart erkämpfen.«

Erst als sie die Tür behutsam wieder geschlossen hatte, bemerkte Elisa, wie sehr ihr Herz pochte. Ihr war, als hätte sie einen Blick nicht nur in Annas, sondern auch in Adriens Seelenleben tun dürfen und ein klein wenig von dem erfahren, was diesen Mann umtrieb. Warum er so schroff zu ihr war und keine Gelegenheit ausließ, um sie zu verletzen. Weil er selbst verletzt worden war. Auch wenn das am Ende keine Entschuldigung war, schließlich waren sie beide erwachsen. Und Elisa fand, dass es ab einem gewissen Alter nicht mehr richtig war, seine Eltern für die eigenen Probleme verantwortlich zu machen. Auch sie hätte allen Grund, Anna zu grollen. Denn hätte ihre Mutter damals nach dem verpatzten Konzert richtig gehandelt, wäre ihr Leben vollkommen anders verlaufen …

»Du bist ja so nachdenklich!« Elisa hatte Danilo nicht kommen hören. »Ist alles in Ordnung?«

Elisa ließ sich von ihm in die Arme schließen und drückte ihn fest an sich. »Du wirst es nicht glauben«, flüsterte sie ihm zu, »aber Anna und Adrien schmücken gerade gemeinsam den Weihnachtsbaum.«

»Ich hab mir schon gedacht, dass sie sich prächtig verstehen werden«, sagte Danilo mit einem leisen Lachen. »Kannst du die beiden sich selbst überlassen und mit mir nach Hause kommen?«

»Ich denke schon«, antwortete Elisa und gab ihm einen zärtlichen Kuss.

»Die beiden Turteltauben mal wieder«, hörten sie hinter sich Dantes Stimme. »Wollt ihr den Baum sehen?«

Als sie in das Musikzimmer traten, leuchtete die Lichterkette, und das untere Drittel des Baumes war bereits verziert.

Bei Danilos Anblick runzelte Adrien die Stirn. »Haben wir schon wieder ein Heizungsproblem?«, fragte er.

Elisa musste sich sehr zusammenreißen, um nicht laut loszulachen.

»Ein Heizungsproblem?«, fragte Anna irritiert.

»Nein, es ist alles in Ordnung«, sagte Elisa rasch.

»Und es gab auch nie ein echtes Problem«, erklärte Danilo mit einem Schmunzeln.

»Ach, du bist …« Adriens Gesicht war ein einziges Fragezeichen, als sein Blick zu Elisa wanderte. »Du bist mit dem Monteur zusammen?«

Kurz herrschte verblüfftes Schweigen.

»Ich glaube, da liegt ein Missverständnis vor«, sagte Elisa dann. »Darf ich dir Danilo Fasetti vorstellen? Er ist Instrumentenbauer und …«

»Fasetti?«, echote Adrien überrascht.

»Richtig.« Danilo ging freundlich auf ihn zu und reichte ihm die Hand. »Du hattest schon mit Fabio zu tun. Er ist mein Bruder.«

Adriens Mund klappte auf und wieder zu. »Dann … dann hast *du* diese merkwürdigen Streichinstrumente gebaut?«, stammelte er. Elisa war erleichtert, dass Adrien auf Danilos freundschaftliches Du einging. Ohnehin duzte man sich in Musikerkreisen so gut wie immer.

»Du meinst, die Campanulas, die ich für das McGonnary-Ensemble gebaut habe?«, fragte Danilo. »Ja, die sind von mir.«

Adrien wirkte ehrlich verblüfft.

»Wenn es für euch in Ordnung ist, würden wir uns jetzt

gern verabschieden«, erklärte Elisa. »Im Kühlschrank findet ihr ein leckeres Abendessen. Kommt ihr ohne mich klar?« Sie sah ihre Mutter fragend an.

»Natürlich!«, sagte Anna sofort, und Elisa erkannte erleichtert, dass sie schon wieder viel munterer wirkte als bei ihrer Ankunft. Offenbar tat ihr Adriens Gegenwart gut.

Sie brachten Dante zu Nellos Hof ganz in der Nähe, wo er seinen Wagen hatte stehen lassen. Elisa wollte unbedingt die wunderschöne Tanne bezahlen, doch der junge Bauer weigerte sich entschlossen, Geld anzunehmen.

»Der Baum ist ein Geschenk an Dante«, sagte er. »Dem hab ich nämlich viel zu verdanken.«

»Und da ich bei euch mitfeiern darf«, fügte Dante hinzu, »haben wir ihn eben zur Rosenholzvilla gebracht.«

»Dann ist es im Grunde dein Christbaum, Dante?«, fragte Danilo amüsiert.

»Ja, und darauf lege ich auch Wert«, erklärte sein Freund mit einem Lachen.

»Sag mal, ist das dort nicht die Wallfahrtskirche, von der Mariella erzählt hat?« Elisa deutete auf eine Kapelle ein Stück weiter oben auf dem Berg.

»Richtig. Da wollen wir morgen mit Mimi hin«, sagte Danilo zu Dante und Nello.

»Zum Glockenläuten?« Nello lächelte breit.

»Genau.«

Der junge Bauer legte den Kopf in den Nacken und sah zu

dem Kirchlein hinauf. »Wenn es nur endlich aufhören wollte, so stark zu regnen«, sagte er und wies auf einen Sturzbach, der neben der Kirche den Hang herunterströmte.

»Irgendwann muss es ja aufhören.« Dante war wie immer optimistisch. In diesem Moment begann es wieder zu tröpfeln.

»Willst du morgen mitkommen?«, fragte Elisa und zog sich ihre Kapuze über den Kopf.

»Ja, warum nicht«, gab Dante zurück. »Aber jetzt sehen wir besser zu, dass wir ins Trockene kommen.«

5
Die Glocken

»Soll ich meine Geige mitnehmen?« Mimi war schon ganz aufgeregt, als sie sich am folgenden Spätnachmittag für den Ausflug zu der Wallfahrtskirche fertig machten.

»Nein, die brauchst du nicht.« Mariella half der Kleinen in ihr gelbes Wintermäntelchen. »Dort wirst du etwas viel Größeres und Mächtigeres zum Klingen bringen, nämlich die Glocken. Aber jetzt halte still, sonst kann ich dir die Knöpfe nicht zumachen. So schade, dass wir nicht zu Fuß zu der Kapelle hochspazieren können. Aber bei dem Regen …«

Mimi hüpfte ungeduldig auf und ab. Die Zöpfe, die Natascha ihr geflochten hatte, flogen nur so. »Wie lange dauert das denn noch? Lasst uns endlich losgehen!«

»Wir müssen noch auf die anderen warten«, sagte Elisa.

»Welche anderen?«, fragte Mariella. »Ich dachte, wir treffen Dante und Cosma direkt an der Kirche.«

»Ich meine Anna, Sven und Adrien.«

»Was? Wollen die auch mit?« Mariella schien kein bisschen begeistert von dieser Neuigkeit.

»Ja.« Auch Elisa war nicht besonders glücklich darüber.

Aber als sie am Nachmittag ihren Vater in der Rosenholzvilla begrüßt hatte, war die Sprache auf das Glockenläuten gekommen, und prompt hatte nicht nur Sven gefragt, ob er sich ihnen spontan anschließen dürfe, sondern auch Anna und sogar Adrien.

»Ich konnte schlecht Nein sagen, als sie mich gefragt haben, oder?«

»Das heißt, wir müssen mit zwei Autos fahren.« Danilo hatte sich aus der Werkstatt seine Lederjacke geholt und die letzten Sätze mitgehört.

»Vielleicht sollte ich dann besser hierbleiben?«, schlug Natascha rücksichtsvoll vor.

»Nein! Du musst mit!«, entschied Mimi.

Mariella überlegte. »Wir machen es so: Mimi, Natascha und du, Elisa, ihr steigt bei mir ein. Und Danilo …«

»Ich denke, es ist besser, *ich* übernehme unsere Gäste aus der Villa, und Danilo fährt mit dir«, unterbrach Elisa sie sanft. »Immerhin ist ja auch meine Mutter darunter. Und mein Vater.« Im Hof waren Stimmen zu hören. »Da kommen sie schon.« Elisa schlug den großen Kragen an ihrem roten Mantel hoch. »Bis nachher.«

Es dauerte einige Minuten, bis alle verstaut waren. Sven Helgeson setzte sich neben Elisa, während Anna und Adrien auf der Rückbank Platz nahmen. Elisa war fasziniert davon, wie sehr Adrien in Annas Gegenwart aufblühte, und auch Anna wirkte wie verjüngt.

»Ich hab gehört, dass du gestern mit den McGonnarys zusammen gespielt hast«, sagte Sven, als sie hinter Mariellas Wagen aus dem Hof fuhren. »Michael hat mich angerufen und gefragt, ob ich einen Cellisten kenne, der für Volker einspringen kann.«

»Es hat sich richtig gut angefühlt, mal wieder mit Kollegen zu musizieren«, sagte Elisa. In weiten Serpentinen ging es den Berg hinauf. Zu Fuß hätten sie eine Abkürzung nehmen können, aber bei diesem Wetter war der Weg sicherlich vollkommen aufgeweicht.

»Wenn du möchtest, können auch wir mal gemeinsam spielen. Ich hab meine Geige mitgebracht.«

Elisa fühlte Svens Blick auf sich ruhen. »Das würde ich sehr gerne«, antwortete sie.

Ihr Vater war nach einer grandiosen Karriere als Sologeiger seit einigen Jahren Professor an der weltberühmten Juilliard School in New York. Nun war er auch im Komitee der Niklas-Eschbach-Stiftung und gemeinsam mit anderen für die Auswahl der Bewerber zuständig.

»Michael hat mir auch von Danilos Instrumenten erzählt, die sie bei ihm gekauft haben. Klang ziemlich interessant.«

»Falls du das für dich selbst in Erwägung ziehst – Danilo hat noch mehr Campanulas in Geigenformat gebaut«, gab Elisa erfreut zurück. »Vielleicht hast du Lust, sie dir in seiner Werkstatt mal anzusehen?«

»Klar.«

»Ich habe Fabio Fasetti noch gar nicht gesehen«, sagte Adrien von hinten. »Kommt er auch zum Fest?«

»Ja, wir erwarten ihn morgen«, antwortete Elisa und hoffte, dass er das Thema nicht weiter vertiefen würde.

»Stimmt es, dass er inzwischen für einen Geigenbauer in Cremona arbeitet?«, hakte Adrien allerdings nach.

Elisa seufzte innerlich. »Ja, das ist richtig«, räumte sie ein.

»Warum eigentlich?« Adrien beugte sich vor. »Ich meine, wieso geht einer wie Fabio Fasetti zum Konkurrenten seiner eigenen Firma?«

»Aus … privaten Gründen«, antwortete Elisa ausweichend.

»Es war für uns alle eine Überraschung, als wir erfahren haben, dass er mein Halbbruder ist«, hörte sie ihre Mutter sagen und hätte sie dafür am liebsten geohrfeigt.

»Dein … Halbbruder?« Natürlich sprang Adrien auf diese Neuigkeit an. »Wie kann das sein? Er ist doch ein Fasetti.«

»Das dachte er bis zum vergangenen Februar auch.«

»Wir sind gleich da«, rief Elisa betont begeistert nach hinten. »Seht mal, dort drüben müssen wir hin.« Sie wies auf die hell erleuchtete Kirche. Aber weder Anna noch Adrien ließen sich ablenken.

»Also wenn Fabio dein Halbbruder ist«, fuhr Adrien nachdenklich fort, »dann muss Niklas Eschbach sein Vater gewesen sein.«

Elisa knirschte mit den Zähnen, und Sven legte kurz seine Hand auf ihren Unterarm, wie zur Beruhigung. Na wunderbar, dachte Elisa. Jetzt weiß es bald die gesamte Musikerwelt.

»*Et alors?*«, hörte sie da Adrien sagen. »Na und? So etwas kommt in den besten Familien vor.«

»Elisa! Danilo! Guckt mal! Da gibt es Würstchen!« Mimi hatte rosa Wangen vor lauter Aufregung.

Der Duft nach Glühwein und Punsch, von Gebäck und Gegrilltem wehte aus einem der drei Gebäude herüber, die sich um das Kirchlein scharten wie Kinder um eine Mutter. Unter einem Vordach stand ein Mann mit einem ausladenden Filzhut auf dem Kopf, der geschickt Würstchen auf einem Grill wendete.

»Möchtest du gleich etwas essen, oder wollen wir zuerst nach den Glocken sehen?« Danilo nahm seine Nichte an die Hand.

»Zuerst die Glocken«, entschied Mimi nach kurzem Zögern.

Mächtig drangen die tiefen Töne aus dem Kirchturm, offenbar war gerade jemand oben und zog eifrig an den Seilen. Drei Autos parkten im Hof, der schöne Brauch hatte sich also auch bei anderen herumgesprochen.

»Ist es schwierig, die Glocken zu läuten?«, fragte Elisa den Mann mit dem Filzhut.

»Ein bisschen Kraft braucht es schon.« Er musterte sie und Mimi aus freundlichen blauen Augen.

»Ich bin stark«, beteuerte die Kleine und hob ihre Ärmchen, um ihre Muskeln zu zeigen.

»Dann ist es ein Kinderspiel.« Ein Lächeln legte das Gesicht des Mannes in viele Fältchen. »Und noch besser wird es gehen, wenn du dich vorher mit einem leckeren Würstchen stärkst. Der Glockenturm ist gerade besetzt, wie du hören kannst.«

»Schon überzeugt!« Danilo zückte lachend seine Geldbörse. »Wer möchte? Ich gebe eine Runde aus.«

Natürlich wollten alle außer Natascha die Würstchen probieren, auch Adrien und Anna. Und gerade kamen auch Dante und Cosma mit großen Schritten die steile Straße herauf, sie hatten etwas weiter unten geparkt. »Neun Portionen«, sagte Danilo und zählte zur Sicherheit noch einmal nach. »Gibt es auch etwas ohne Fleisch?«

»Wie wär's mit gerösteten Maroni?«

Nataschas Augen leuchteten auf. »Das klingt toll!«

Elisa lief das Wasser im Mund zusammen, so köstlich duftete es. Und als sie vorsichtig in das Würstchen biss, das ihr in einem knusprigen Brötchen gereicht wurde, war sie überrascht von der würzigen Note. »Hm, das schmeckt gut! Was ist denn dadrin? Anis und Fenchel?«

»Richtig!«, antwortete der Mann anerkennend.

»Wetten, dass die von Nello stammen?«, warf Dante ein.

Der Mann nickte. »Nello macht die besten Wurstwaren weit und breit«, sagte er. »Bist du vielleicht ein Freund von ihm?«

»Ja, das bin ich.«

»Dann bist du auch ein Freund von uns.« Feierlich reichten sich die beiden Männer die Hände. »Ich bin Carlo. Carlo Canetti.« Er rief etwas ins Innere des Hauses, und eine Frau trat heraus, die Elisa auf etwa Mitte fünfzig schätzte. »Schau mal, Daria, hier ist ein Freund von Nello.«

»*Piacere*«, sagte die Frau und betrachtete Dante wohlwollend. In diesem Moment begann es wieder wie aus Kübeln zu regnen, und Carlo und seine Frau baten sie alle ins Haus.

»Die Glocke kannst du immer noch läuten«, erklärte Daria,

als sie sah, wie Mimi sehnsüchtig zur Kirche hinübersah, von der es noch immer laut heruntertönte. »Komm, ich mach dich mit meinem Enkel bekannt. Wie alt bist du denn?«

»Ich werde morgen sechs«, antwortete Mimi stolz.

»Na siehst du«, sagte Daria Canetti. »Unser Matteo ist sieben, das passt doch gut. Wo ist er denn?«

»Sicher wieder im Stall«, meinte ihr Mann, der ausreichend Stühle an den Tisch rückte, damit sie alle Platz nehmen konnten.

Daria Canetti rief laut nach ihrem Enkel, und kurz darauf streckte ein dunkelhaariger Junge mit ähnlich blauen Augen, wie die seines Großvaters, widerstrebend den Kopf herein. Als er Mimi sah, kam er neugierig herein.

»Darf ich mit Matteo in den Stall gehen?«, fragte Mimi keine fünf Minuten später. »Hundebabys anschauen?«

»Ich weiß nicht«, sagte Mariella unschlüssig.

»Lasst die beiden ruhig gehen«, sagte Daria. »Auf unseren Matteo ist Verlass.«

»Aber stört die gute Bianca nicht«, mahnte Matteos Großvater. »Und lasst die Kleinen in Ruhe.«

»Machen wir«, versicherte Matteo.

»Darf ich auch mitkommen?«, fragte Elisa die beiden Kinder, als sie sah, wie Mariella besorgt die Stirn runzelte.

»Bestimmt!« Mimi sah Matteo fragend an. »Oder hast du was dagegen?« Offenbar hatte sie ihn sofort als Anführer akzeptiert.

»Nö.« Matteo zuckte mit den Schultern und wandte sich um. Er rannte durch den Regen über den Hof und schob den Riegel an einer rustikalen Holztür auf. Mimi und Elisa schlüpften rasch hinter ihm hinein.

Ein Geruch nach getrocknetem Heu und Tieren schlug ihnen entgegen. In einem abgetrennten Bereich befanden sich etwa zwei Dutzend Schafe, die neugierig die Köpfe hoben, als sie näher kamen. Matteo ging zielstrebig an ihnen vorbei in den hinteren Bereich des Stalls, wo eine tief hängende Lampe rötliches Licht verbreitete. »Da sind sie«, sagte er und wies stolz auf eine mit Fellen und alten Wolldecken ausgekleidete geräumige Kiste. Darin ruhte eine große weiße Hündin, an ihrem Bauch ein Gewimmel aus winzigen wolligen Wesen. »Unsere Bianca mit ihren Jungen.«

Mimi stieß einen Laut des Entzückens aus und ging vor der Kiste in die Hocke. Die Hündin hob wachsam ihren mächtigen Kopf. Aus tiefdunklen Augen betrachtete sie Mimi und Elisa eingehend, dann legte sie sich wieder auf ihr Kissen, behielt die Besucher jedoch im Blick. Ihr langes weißes Fell hatte vom Schein der Wärmelampe einen rosafarbenen Schimmer, und außer den Augen bildete nur ihre schwarze Nase einen Kontrast dazu. »Sie sehen aus wie kleine Eisbären«, flüsterte Mimi, die fasziniert das flauschige Gewusel zwischen den Vorder- und Hinterläufen der Hündin beobachtete.

»Am Anfang haben sie eher ausgesehen wie kleine Ratten«, sagte Matteo. »Wenn sie geboren werden, sind sie noch ganz blind. Gestern haben sie zum ersten Mal ihre Augen geöffnet.«

Die Stalltür ging auf, und eine Frau in Elisas Alter kam

herein. »Hier bist du«, sagte sie lächelnd zu Matteo. »Und du hast Gäste?«

»Carlo und Daria waren so nett, uns ins Haus zu bitten, als es angefangen hat, so stark zu regnen«, erklärte Elisa und reichte der Frau die Hand. »Ich bin Elisa Eschbach, und das ist Mimi, meine Nichte.«

»Ich bin Simona, Matteos Mutter.«

»Wann sind die Kleinen denn auf die Welt gekommen?«, fragte Elisa und wies auf die Hundebabys.

»Vor zwei Wochen.« Simona füllte den Fressnapf auf, der in einer Ecke der Kiste stand. »Bianca braucht Kraftfutter nach der Geburt. Das Säugen ist auch kein Kinderspiel.«

»Wenn die Babys die Augen aufgemacht haben ... können sie mich denn jetzt sehen?«, fragte Mimi aufgeregt.

»Ich glaube schon«, antwortete Matteo. »Aber man darf sie nicht stören. Das hat mein Opa verboten.«

»Dann darf ich keines von ihnen auf den Arm nehmen?« Mimi klang enttäuscht.

»Nein, jetzt noch nicht«, erklärte Simona freundlich. »Das ist ganz schön hart, was? Sie sehen so niedlich aus. Aber damit müssen wir alle noch warten.«

»Noch mindestens zwei Wochen«, fügte Matteo hinzu, und es war deutlich zu hören, wie stolz er auf sein Wissen war.

»Wie viele sind es denn?« Elisa versuchte, die Fellbündel zu zählen, doch sie bewegten sich ständig im Versuch, näher an die Zitzen der Mutter zu gelangen.

»Zwölf«, antwortete Simona und füllte den Trinknapf auf. »Sieben Buben und fünf Mädchen.«

»Ich möchte auch so ein Mädchen haben«, flüsterte Mimi verzückt. »Bianca ist so schön! Ich hab noch nie einen rosaroten Hund gesehen.«

»Haha«, lachte Matteo. »Sie ist nicht rosarot, sondern weiß.«

»Aber ...«

»Das macht die rote Lampe.« Simona warf Matteo einen tadelnden Blick zu.

»Und warum ist die Lampe rot?« Mimi schien sich kein bisschen daran zu stören, dass ihr neuer Freund sie eben ausgelacht hatte.

»Sie strahlt Wärme aus«, erklärte Matteo geduldig. »So haben es die Kleinen schön warm.«

»Weiß«, sagte Mimi versonnen. »Also stammen sie doch von Eisbären ab.«

Mimi war nicht zu bewegen, den Stall zu verlassen, sogar die Glocken waren nicht mehr wichtig. Sie hatte eine Menge Fragen an Matteo, wollte auch alles über die Schafe und über Biancas Arbeit mit ihnen wissen, und nachdem Simona Elisa versichert hatte, dass der Kleinen in Matteos Obhut nichts passieren konnte, kehrten die beiden Frauen zu den anderen zurück.

Auf dem Tisch standen dampfende Glühweinbecher, und die Stimmung war fröhlich. Elisa ließ ihren Blick über diese seltsame, bunt zusammengewürfelte Gruppe schweifen. Adrien saß zwischen Mariella und Natascha, während Anna mit

Cosma in ein Gespräch vertieft war. Neben Dante entdeckte Elisa ein noch unbekanntes Gesicht.

»Ich bin Franco«, sagte der Mann und erhob sich, um Elisa die Hand zu reichen. Simona fand neben ihm einen Platz.

»Unser Sohn.« Daria Canetti brachte gerade ein riesiges Holzbrett mit Käse- und Schinkenscheiben und stellte es in die Mitte des Tischs. »Franco und Simona wohnen mit Matteo im Haus nebenan.«

»Setz dich zu uns.« Danilo winkte, er hatte für Elisa einen Stuhl zwischen sich und Sven freigehalten. »Was gibt es so Spannendes im Stall?«

»Ein Dutzend zuckersüße Welpen.« Elisa setzte sich und nickte Mariella beruhigend zu. »Mimi geht es prächtig. Sie ist völlig verzaubert von den Tieren.« Sie lauschte den angeregten Gesprächen und nahm sich von dem Käse und aß dazu eines der noch warmen Brötchen, die Daria selbst gebacken hatte.

»Wir hoffen wirklich, dass der Regen endlich nachlässt«, sagte Carlo Canetti gerade. »So viel Niederschlag wie in diesem Jahr hat es hier in so kurzer Zeit noch nie gegeben. Die Nässe tut dem Berg gar nicht gut. Gestern waren Leute von den Behörden hier und haben Messungen gemacht.« Tiefe Sorgenfalten hatten sich auf Carlos Stirn gebildet.

Elisa wollte gerade fragen, welche Art von Messungen denn gemacht wurden, als Cosma die Sprache auf den Wurf im Stall brachte.

»Welche Hunderasse ist eure Hündin denn?«, fragte sie Carlo.

»Bianca ist eine Pyrenäenberghündin. Die sind großartige Helfer beim Hüten meiner kleinen Schafherde.«

»Oh, da würde ich später auch gern noch einen Blick in den Stall tun«, erklärte Cosma. »Pyrenäenberghunde sind selten.«

»Offenbar habt ihr einen anderen Tierarzt«, sagte Dante mit einem Grinsen. »Wenn meine Schwester euren Stall noch gar nicht kennt.«

»Bist du Veterinärin?«, fragte Carlo interessiert. Und als Cosma bejahte und ihrem Bruder heimlich unter dem Tisch einen sanften Stoß gegen das Schienbein versetzte, was nur Elisa sehen konnte, fügte er hinzu: »Das kommt mir gelegen. Dr. Berlotto hat ja altershalber vor ein paar Monaten aufgehört.«

»Ich schau gern nach euren Tieren«, sagte Cosma. »Und wenn ihr mal ein paar zusätzliche Hunde gebrauchen könnt oder auch einfach nur Lust habt, welche aufzunehmen …«

»Cosma hat ein privates Tierasyl bei sich zu Hause eingerichtet«, verriet Elisa. »Und leider wird es immer voller.«

»Ich fürchte, nach Weihnachten werden wieder ein paar Kandidaten hinzukommen«, erklärte Cosma mit einem Anflug von Traurigkeit. »Viele Tiere, die unter dem Christbaum verschenkt werden, landen am Ende doch auf der Straße.«

»*Nonna* Mariella«, tönte es von der Eingangstür. Mimi erschien mit fliegenden Zöpfen. »Ich möchte unbedingt eines von den Kleinen. Bitte, bitte, sag, dass ich eines bekommen kann!«

»Na, da haben wir es«, seufzte Cosma. »Und am Ende wird den Kindern die Aufgabe, sich um einen Hund zu kümmern, lästig, und man gibt ihn wieder ab.«

»Niemals würde ich es wieder hergeben.« Mimi bebte vor Empörung. »Ich hab mir auch schon eines ausgesucht. Ein Mädchen. Dann ist Joris auch nicht so eifersüchtig.«

»Wie willst du denn unter diesen vielen Hundekindern, die alle gleich aussehen, eines ausgesucht haben?«, fragte Elisa skeptisch.

»Weil es mich angeschaut hat«, behauptete Mimi. »Und da hab ich verstanden, dass es zu mir will.«

»Noch kann man die Kleinen nicht von der Mutter trennen«, sagte Carlo ernst.

»Und du musst erst mit deiner eigenen *mamma* reden und sie fragen, ob Romy so etwas überhaupt möchte«, fügte Mariella hinzu.

»Wenn es reinrassige Pyrenäenberghunde sind, dann ist so ein Welpe ziemlich viel wert«, gab Cosma zu bedenken.

»Na, daran sollte es wohl nicht scheitern.« Daria hatte sichtlich Mitgefühl mit Mimi, der schon die Tränen in die Augen gestiegen waren. »Acht Hündchen sind allerdings schon verkauft. Wenn deine Großmutter einverstanden ist, dann reserviere ich eines für dich. Ich meine, so lange, bis du die Erlaubnis deiner Mutter hast.«

»Aber ich will nur dieses eine Mädchen«, erklärte Mimi mit vor Tränen bebender Stimme.

»Na gut«, sagte Carlo und erhob sich. »Dann zeig mir mal, welches du meinst.«

»Das, was Mimi möchte, ist noch nicht verkauft«, meldete Matteo sich zu Wort. »Es hat noch kein Bändchen um den Hals.«

»Hör mal, ist dir klar, dass dieses süße kleine Hundebaby einmal so groß sein wird wie Mariellas Joris? Und dass es ganz viel Bewegung braucht?« Cosma sah Mimi ungewohnt streng an.

»Ich brauch auch viel Bewegung. Hat der Kinderarzt gesagt«, entgegnete die Kleine trotzig. »Aber wie kann ich das haben ohne einen Hund?« Dieser Logik hatte selbst Mariella nichts mehr entgegenzusetzen, und Carlo ging mit Mimi in den Stall, damit sie ihm »ihr« Hunde-Mädchen zeigen konnte.

Schließlich gingen sie in die mit Kerzen hell erleuchtete Kirche. Während Mimi mit den meisten anderen sogleich die hölzerne Treppe in den Glockenturm hinauf stürmte, betraten Elisa, Mariella, Anna und Natascha den kleinen Andachtsraum. Daria Canetti schloss sich ihnen an.

»Eine alte Legende erzählt, dass hier an dieser Stelle vor mehr als sechshundert Jahren ein Mädchen, das taub und stumm war, in einem Felsen ein Marienbildnis fand. Als sie die Mutter Gottes anrief, konnte sie plötzlich hören und sprechen. Deshalb wurde die Kirche gebaut.«

»Ist es das da vorne, das Bildnis?« Natascha wies auf eine Nische neben dem Alter.

Daria nickte. »So ist es. Leider kann man kaum noch etwas erkennen. Zu viele heilsuchende Hände haben den Stein über die Jahrhunderte hinweg blankgewetzt.« Sie gingen näher zu dem Gnadenbild, um es zu betrachten. Tatsächlich war mit viel Vorstellungskraft ein Frauenantlitz auf der Steinplatte zu erkennen.

»Nicht hören zu können, das muss schrecklich sein«, murmelte Natascha.

»Gab es denn danach noch mehr Wunderheilungen?«, fragte Elisa.

»Man erzählt sich vieles«, gab Daria vage zurück. »Aber ob das alles stimmt … Seit ich hier lebe, ist so etwas nicht mehr vorgekommen. Und ich habe im Alter von achtzehn Jahren hier eingeheiratet, das ist schon ein paar Jährchen her.« Sie wies lächelnd auf eine Reihe von kleineren bemalten Holztafeln, die an einer der Wände aufgehängt waren. Elisa betrachtete sie genauer. Es handelte sich um naive Madonnenbilder mit Darstellungen von einzelnen Gliedmaßen wie Händen, Beinen, Füßen oder auch Augäpfeln und Ohrmuscheln. »Das sind sogenannte Votivbilder«, erklärte Daria. »Von Menschen hergebracht als Dank für eine Heilung. Die letzten sind wohl aus den Fünfzigerjahren.«

»Nicht sehen zu können stelle ich mir auch schrecklich vor.« Anna betrachtete gerade eines der Bilder, auf dem ein Augapfel zu sehen war.

Auf einmal fuhren sie alle zusammen. Die Glocken begannen über ihnen zu läuten, und ihr Hall dröhnte durch den kleinen Kirchenraum.

»Jetzt könnt ihr euch auch vorstellen, wie der Brauch mit dem Geläut entstand«, rief Daria ihnen über den Lärm hinweg zu.

»Ja! Auf diese Weise wird jeder an die Gabe des Hörens erinnert«, erklärte Elisa mit einem Lachen.

Auch sie bestiegen den Turm, und jeder zog an den Seilen, um die Glocken in Schwung zu bringen. Mimi und Matteo hatten herausgefunden, dass sie es gemeinsam ebenfalls schafften, auch wenn sie jedes Mal für einen kurzen Moment den Boden unter ihren Füßchen verloren und am Seil in der Luft hingen. Gerade das machte den beiden ungeheuren Spaß, und Mimi war kaum dazu zu bewegen, sich von ihrem neuen Freund zu verabschieden, obwohl ihre übliche Schlafenszeit schon weit überschritten war. »Noch ein einziges Mal«, sagte sie immer wieder und sprang an dem Seil empor wie ein Äffchen. Erst als Mariella ihr versprach, dass sie mit Romy bald wiederkommen würden, ließ sie sich dazu überreden, ins Auto zu steigen, nicht ohne zuvor noch einmal im Stall nach den kleinen Hunden und den Schafen gesehen und sich von Matteo herzlich verabschiedet zu haben. Und obwohl der Fahrweg wirklich kurz war, schlief sie bei der Ankunft im Haus der Fasettis bereits tief und fest.

6
Geburtstagsüberraschungen

Als Elisa und Danilo am folgenden Morgen in Mariellas gemütliche Wohnküche kamen, war Mimi noch immer nicht wach.

»Das muss ein ganz schön aufregender Ausflug gewesen sein gestern«, sagte Romy und umarmte Elisa und Danilo herzlich.

»Wann bist du angekommen?«, fragte Elisa.

»Erst gegen Mitternacht.« Romy hatte sich sorgfältig geschminkt, trotzdem waren die Zeichen der Müdigkeit in ihrem Gesicht nicht zu übersehen. »Aber es hat alles gut geklappt. Meine Kunden waren sehr zufrieden, und mein Auftragsbuch für das kommende Jahr ist jetzt schon voll.«

»Herzlichen Glückwunsch«, sagte Danilo. Auch Elisa freute sich. Sie alle mochten Romy und gaben die Hoffnung nicht auf, dass sie und Fabio sich wieder versöhnen würden. Wenn es nach Romy ginge, hätten sie sich nie getrennt. Und dass sie das durch einen unüberlegten One-Night-Stand verursacht hatte, bereute sie bis heute. »Das hast du auch wirklich verdient.«

»Hat Fabio sich eigentlich auch angesagt?« Romy sah von

Danilo zu Mariella. Ihr war deutlich anzumerken, wie sehr sie es hoffte.

»Nein, aber du kennst ihn ja«, antwortete Mariella. »Fabio kündigt sich nie an. Ich bin trotzdem sicher, dass er kommen wird. Schließlich ist heute Mimis Geburtstag.«

»Apropos«, sagte Danilo, und Elisa vermutete, dass er das schmerzhafte Thema umschiffen wollte. »Was meint ihr: Soll Mimi die Campanula zum Geburtstag, also jetzt, oder zu Weihnachten bekommen?«

»Wann ist überhaupt die Weihnachtsbescherung?«, wollte Elisa wissen. »Heute Abend oder morgen früh?«

»Ursprünglich haben bei uns in der italienischen Schweiz die Heiligen Drei Könige die Geschenke gebracht«, erklärte Mariella. »Also am 6. Januar. Ich finde, Mimi sollte die Campanula erst dann bekommen.«

»Die letzten Jahre haben wir ja mit Niklas in der Rosenholzvilla gefeiert«, sagte Romy. »Und da war die Bescherung an Heiligabend. Ich fürchte, Mimi hat das nicht vergessen.«

»Ja, Niklas, der hat diese deutschen Bräuche eingeführt.« Mariella schmunzelte. »Aber Mimi bekommt so viele Geschenke. Wäre es nicht schöner, wir teilen sie auf? Einen Teil bekommt sie heute zum Geburtstag und den Rest zum Dreikönigsfest?«

»Das ist eine gute Idee«, fand Danilo.

»Was ist eine gute Idee?« Mimi stand in Pantoffeln und Nachthemd in der Tür und rieb sich die Äuglein.

»Herzlichen Glückwunsch zum Geburtstag, mein Engeli!« Mariella schloss ihre Enkelin in ihre Arme und bedeckte ihr

Gesicht mit Küssen, bis Mimi Romy entdeckte, zu strampeln begann und sich aus ihrer Umarmung löste.

»*Mamma*!«, rief sie und fiel ihrer Mutter um den Hals. »Seit wann bist du da?«

Auch von Danilo und Elisa wurde Mimi von Herzen beglückwünscht, und nachdem Romy ihr geholfen hatte, sich anzuziehen, erschien sie in ihrem hübschesten Kleid zum Frühstück. Inzwischen hatten die anderen ihre Geschenke auf die Kommode gelegt. Mimi entdeckte sie sofort und rannte darauf zu, um sie zu begutachten. Als Erstes griff sie nach einem in pinkfarbenes Papier eingeschlagenen Päckchen.

»Das ist von mir«, sagte Elisa.

Mimi riss es genüsslich auf. Zum Vorschein kamen zwei rosarote Kinder-Walkie-Talkies, die Mimi sich ausdrücklich gewünscht hatte, keiner wusste so richtig, warum.

»Juhuuu«, jubelte das Mädchen. »Jetzt kann ich mit Anneli plaudern, auch wenn Frau Peretti uns auseinandersetzt.«

Romys Miene wurde ernst, während Elisa Mühe hatte, sich ein Lachen zu verbeißen. »Wenn Frau Peretti dich und Anneli auseinandersetzt«, begann Romy mit einer Strafpredigt, »dann hat das sicher Gründe. Und du solltest auf keinen Fall …«

»Ach, jetzt sei doch nicht so streng«, mahnte Mariella, die ebenfalls schmunzeln musste. »In die *scuola materna* nimmst du die Dinger einfach nicht mit, Mimi. Aber wir beide können miteinander reden, wenn du im Garten spielst und ich im Haus bin.«

»Meinetwegen.« Ein wenig enttäuscht legte Mimi die Geräte beiseite.

»Dann mach jetzt mal das hier auf«, sagte Romy und zauberte ein weiteres Päckchen hinter ihrem Rücken hervor.

Ruckzuck hatte Mimi das Papier aufgerissen. Darunter glitzerte es, und das Mädchen stieß einen Schrei des Entzückens aus. »Genau, was ich mir gewünscht habe!« Begeistert hielt sie ein fantasievolles Kleid aus verschiedenen schimmernden Stoffen in Rosa hoch. »Ein echtes Feenkleid!«

»Gefällt es dir?«

Es bestand kein Zweifel, Mimi war hingerissen. Sie sprang auf und versuchte, sich ihr gerade erst angezogenes Kleid über den Kopf zu zerren. Romy half ihr, und schon stand sie da als leibhaftige sechsjährige Fee. »Eine Bekannte von mir hat das genäht. Sie ist Kostümbildnerin«, erzählte Romy den anderen, während Mimi in den Flur rannte, um sich dort im großen Spiegel zu betrachten. Ein erneuter spitzer Schrei von ihr ließ alle zusammenfahren, und Romy sprang sofort auf, um nachzusehen, was passiert war.

Da trat Fabio ins Zimmer, die kleine Mimi-Fee im Arm, die sich wie ein Äffchen an ihn klammerte. »Papa ist gekommen«, jubelte sie. »Jetzt ist alles gut.«

Die Geschenke der anderen traten völlig in den Hintergrund, Mimi hatte nur noch Augen für ihren Vater. Sie erzählte ihm von ihrem neuen Freund Matteo und den kleinen Hunden und dass sie sich ein Hunde-Mädchen ausgesucht habe.

»Wie bitte?« Romy war hellhörig geworden. »Du hast dir einen Hund ausgesucht?«

»Sie weiß genau, dass sie das natürlich mit dir besprechen muss«, erklärte Mariella.

»Und mit Papa«, fügte Mimi hinzu.

»Aber der Hund würde ja wohl bei uns wohnen«, wandte Romy ein. »Das heißt …«

»Papa wird auch bald wieder bei uns wohnen, stimmt's?« Mimi sah ihren Vater auffordernd an.

Es wurde still am Tisch. Aller Blicke ruhten auf Fabio, und mit einem Mal fühlte Elisa Mitleid mit ihm. Sicher. Sie war auch der Meinung, dass Fabio endlich seine sture Haltung aufgeben und zu seiner Familie zurückkehren sollte. Aber dass Mimi ihm so vor ihnen allen die Pistole auf die Brust setzte – nun ja, dachte sie, das kann nur ein sechsjähriges Mädchen.

»Was ist das denn für ein Hund?«, brach Fabio das Schweigen. »Was meinst du, Romy? Wollen wir ihn uns nicht erst einmal ansehen?«

»Oh ja!«, rief Mimi und sprang von ihrem Stuhl. »Lasst uns gleich losgehen.« Sie griff nach der Hand ihrer Mutter und zog an ihr. »Ich hab nämlich von dem Hundebaby geträumt. Es war schon größer, und ich durfte es auf den Arm nehmen, und ihr könnt euch nicht vorstellen, wie flauschig es war und …«

»Na schön.« Romy sah Fabio lächelnd an. »Wo ist der Hund überhaupt?«

»Oben bei der Wallfahrtskapelle.« Mariella bemühte sich sichtlich, ihre Worte beiläufig klingen zu lassen. Und doch sah man am Leuchten ihrer Augen, wie sehr sie es begrüßte, dass Fabio mit Romy und Mimi diesen Ausflug unternahm. »Die

Leute sind sehr freundlich. Sie heißen Carlo und Daria Canetti. Mimi wird euch alles zeigen.«

Fabio und Romy beschlossen, die kurze Strecke zu Fuß zurückzulegen, denn ausnahmsweise regnete es nicht, und eine fahle Sonne schien durch die Wolkendecke. Für alle Fälle zogen die drei Regenmäntel über und machten sich auf den Weg.

»Wer hätte das gedacht«, sagte Mariella versonnen, als Elisa ihr half, den Frühstückstisch abzuräumen. »Sie wollte noch nicht einmal die anderen Geschenke sehen.«

»Das größte Geschenk wäre für sie, wenn Fabio zurückkäme.«

Mariella nickte. »Das hat sie ja sogar auf ihren Wunschzettel ans Christkind geschrieben.« Sie warf Elisa einen verschmitzten Blick zu. »Ich hab mir erlaubt, Fabio eine Kopie davon zu schicken.«

Elisa lächelte in sich hinein. Wer weiß, dachte sie. Am Ende bringt Mimi ihre Eltern vielleicht tatsächlich wieder zusammen.

»Wie geht es deiner Mutter?«, fragte Mariella. »Gestern hat sie gar nicht so unglücklich gewirkt.«

»Es tut ihr gut, unter Leuten zu sein. Auch wenn sie das Gegenteil gesagt hat. Man sollte nicht allein bleiben, wenn man unglücklich ist.« Elisa dachte daran, wie erstaunlich gut Anna sich mit Adrien verstand.

Von draußen erklang tiefes Bellen. Joris, Mariellas alter Berner Sennenhund, schlug an, und Elisa ging nachsehen. Sven Helgeson war gekommen, der sich neugierig umsah.

»Alles gut, Joris«, rief Elisa, und der gutmütige Hund

trottete zurück zu seinem Platz im Hauseingang, den er bezogen hatte, seit es so viel regnete.

»Guten Morgen! Komme ich zu früh? Ich wollte Danilo besuchen und mir seine Instrumente ansehen.«

»Du kommst gerade richtig«, gab Elisa zurück. »Danilo und Natascha sind in der Werkstatt. Komm, ich bring dich hin.« Sie führte Sven in das Gebäude gegenüber, wo Danilo gerade Mimis neue Kinder-Campanula prüfend in der Hand hielt. Natascha leimte zwei Ahornbretter gegeneinander, Elisa vermutete, dass dies der Boden für ihr eigenes Instrument werden sollte. Danilo und Sven unterhielten sich sogleich angeregt, und Elisa überlegte, ob sie nicht mal nach ihrer Mutter sehen sollte, als ihr Telefon klingelte. Auf dem Display erkannte sie zu ihrer Überraschung Carens Nummer. Rasch verließ sie die Werkstatt und ging hinüber in den Ausstellungsraum, um ungestört sprechen zu können. »Hallo Caren, wie geht es dir?«, fragte sie.

»Ganz okay«, antwortete die Frau, die bis vor kurzem die Lebensgefährtin ihrer Mutter gewesen war.

Elisa überlegte. Was wollte Caren von ihr?

»Wie … ich meine, wie geht es Anna?«, kam es zögernd aus dem Apparat.

»Nicht so gut«, antwortete Elisa. »Sie vermisst dich.«

Wieder war es still in der Leitung.

»Sie ist also bei euch im Tessin.« Es klang eher wie eine Feststellung als wie eine Frage.

»Ja, ich hab sie überredet herzukommen. Möchtest du mit ihr sprechen?«

»Nein«, erwiderte Caren rasch. »Ich … ich hab mir nur Sorgen gemacht. Du kennst ja deine Mutter. Sie ist oft sehr … impulsiv. Und ich wollte nicht, dass sie etwas Unüberlegtes tut.«

»Warum rufst du sie dann nicht an?« Elisa wartete vergeblich auf eine Antwort. »Ich glaube, da musst du dir keine Sorgen machen«, sagte sie schließlich. »Trotzdem. Anna bedauert unendlich, dass es jetzt so gekommen ist.« Dabei wusste Elisa ja gar nicht, was genau zu der Trennung geführt hatte. »Was auch immer passiert ist, Anna liebt dich«, fuhr sie fort. »Und ich …«

»Schon gut«, unterbrach Caren sie eilig. Elisa hörte, wie sie am anderen Ende der Leitung schluckte, und begriff, dass auch diese wunderbare Frau, die schon so viel Geduld mit Anna gehabt hatte, schrecklich litt. »Jetzt, wo ich weiß, dass du dich um sie kümmerst … danke, Elisa.«

»Ich versuche es zumindest. Und ich muss dir nicht sagen, wie leid mir das alles tut«, sagte Elisa ehrlich. »Ich hätte dich so gerne hier bei uns. Wo bist du eigentlich?«

»Zu Hause. In London.«

»Und wer kümmert sich um *dich*?«

Es blieb so lange still, dass Elisa schon glaubte, die Leitung sei unterbrochen. »Ich mich selbst, so wie immer«, brachte Caren schließlich hervor, aber sie klang keineswegs so souverän, wie Elisa sie kannte.

Es lag Elisa fern, sich in die Beziehung ihrer Mutter einzumischen, aber wenn beide so offensichtlich unter der Situation litten, wäre es dann nicht die beste Lösung, dass sie sich aussprachen? Gerade an Weihnachten mussten die beiden doch besonders unter der Trennung leiden. Elisa atmete tief durch. »Warum kommst du nicht einfach her? Dann könnt ihr miteinander reden und vielleicht …?«

»Das ist schrecklich nett von dir. Aber ich … das kann ich einfach nicht. Leb wohl, Elisa. Bitte sag Anna nichts von meinem Anruf. Und pass gut auf sie auf.«

Sie unterbrach das Gespräch, und Elisa starrte noch eine Weile auf das Display. Einen Moment lang hatte sie tatsächlich geglaubt, Caren würde es sich noch einmal überlegen. Doch offenbar hatte Anna es diesmal übertrieben.

Die Tür ging auf und Danilo schaute herein. »Ist alles in Ordnung?« Er wirkte besorgt. »Wer war das denn?«

»Das war Caren.« Elisa steckte mit einem Seufzen ihr Handy weg. »Ich erzähl es dir später«, setzte sie hinzu.

Er nickte. »Ist es okay, wenn wir reinkommen? Ich wollte Sven die Campanulas zeigen. Natascha hat sie alle hier verstaut.«

»Natürlich«, erwiderte Elisa. »Ich geh mal zur Villa, nach dem Rechten schauen.«

»Macht es dir was aus, noch einen Moment auf mich zu warten?«, bat Sven. »Wenn Danilo es erlaubt, nehme ich gerne eines der Instrumente mit hoch. Dann könnten wir gemeinsam musizieren.«

Elisa wurde warm ums Herz.

»Kein Problem«, sagte Danilo und warf Elisa einen liebevollen Blick zu. Dann deutete er auf eine der Glasvitrinen und schloss sie auf. »Hier sind sie. Bitte. Bedien dich. Von mir aus kannst du auch gern alle drei zum Ausprobieren mitnehmen.«

»Wow, was für ein Klang!« Sven setzte seine Geigen-Campanula ab und betrachtete sie verwundert.

Sie hatten gemeinsam ein altes Lied gespielt, *Maria durch ein Dornwald ging,* Sven die erste Stimme und Elisa die zweite. Sie liebte diese weihnachtliche Weise, deren Ursprung man nicht kannte.

»Wie findest du Danilos Erfindung?«, fragte sie.

Sven legte die Campanula in Form einer Geige behutsam auf den Tisch und nahm eine andere in die Hand. »Faszinierend«, antwortete er und klemmte sie unter sein Kinn. »Erstaunlich, welch große Auswirkung so geringe Abwandlungen haben.«

»So gering sind die Veränderungen nicht«, gab Elisa zu bedenken. »Die Form des Korpus ist anders und die Resonanzsaiten …«

»Du hast recht.« Sven zupfte an den Saiten. »Komm, lass uns diese hier ausprobieren und mit Maria durch den Dornwald schicken.«

Elisa lachte, und dieses Mal begann sie mit der Melodie. Sven stimmte ein und improvisierte eine hell jubilierende Oberstimme dazu.

Auf einmal hörte Elisa, dass die Tür aufging und jemand ins Musikzimmer schlüpfte. Sie widerstand dem Impuls nachzusehen, wer das war; während eines Konzerts machte man das schließlich auch nicht. Stattdessen lenkte sie all ihr Denken und Fühlen auf das Lied, auf ihr Zusammenspiel, und sog die Verbundenheit, die sie in diesen Momenten mit ihrem Vater fühlte, tief in sich ein.

»Diese hier klingt ganz anders.« Sven drehte und wendete die Geigen-Campanula voller Staunen. »Voller. Und brillanter.«

»Sie klingt mehr wie eine herkömmliche Geige«, sagte plötzlich eine Stimme schräg hinter Elisa. Sie fuhr herum. Es war Adrien, der auf dem Hocker vor dem Flügel saß, seine verletzte Hand im weißen Verband auf seinem Schoß. »Sie hat weniger Nachklang.«

»Du hast recht.« Sven legte das Instrument auf den Tisch und griff nach dem dritten. »Lass uns noch die hier ausprobieren.«

Elisa fühlte, wie die Lust zu spielen von ihr wich. Zu wissen, dass Adrien hinter ihr saß und jede ihrer Bewegungen verfolgte, verdarb ihr den Spaß.

»Komm, wir versuchen etwas anderes«, schlug Sven vor. »Kennst du das?« Er spielte eine fröhliche Melodie. »Es ist ein schwedisches Weihnachtslied. Es handelt von dem Hirten Stefan, der König Herodes die Nachricht von der Geburt des Jesuskindes bringt.«

Elisa kannte es nicht, doch sogleich griff sie die Melodie auf. Immerhin habe ich schwedische Wurzeln, dachte sie lächelnd. Sven umspielte die erste Stimme, und als Elisa nicht mehr genau wusste, wie sie endete, improvisierte sie das Lied einfach weiter, erfand neue Wendungen, und zu ihrer Freude ging ihr Vater darauf ein.

»Das war schön«, sagte Sven, als er den Bogen schließlich sinken ließ. »Ich glaube, diese hier gefällt mir am besten. Die werde ich behalten.« Er blickte auf. »Was sagst du dazu, Adrien?«

Elisa hielt den Atem an. Würde Adrien mit ein paar zynischen Sätzen alles verderben?

»Ich wünschte, ich könnte diese Instrumente auch ausprobieren«, antwortete er zu Elisas Verwunderung. »Sie klingen einfach toll.«

»Wenn deine Hand verheilt ist, spielen wir zusammen«, schlug sie vor. »Und weißt du was? Das hätten wir eigentlich früher schon tun sollen.«

Adrien sah sie ungläubig an. Dann blickte er an ihr vorbei, Elisa konnte nicht sagen, wohin. Vielleicht hinaus in den wolkenverhangenen Park. Oder in eine unbestimmte Vergangenheit. »Du warst immer besser als ich«, sagte er schließlich. »Und hast auf alle anderen hinabgesehen.«

Das stimmt doch gar nicht!, wollte Elisa sofort aufbegehren. Denn in Wirklichkeit hatte sie so gut wie nie an ihre Konkurrenten gedacht. Aber war das nicht auch so etwas wie Arroganz? Adrien hatte es so empfunden. Und tatsächlich hatte sie früher nur selten mit anderen Solisten zusammengespielt. Niklas hatte sie auf eine Solokarriere vorbereitet. Und in diesem Moment begriff Elisa, wie viel ihr damit entgangen war. »Es tut mir leid, dass das so gewirkt hat«, sagte sie schließlich. »Heute finde ich es wundervoll, gemeinsam mit anderen zu spielen. Ich hoffe, deine Hand erholt sich bald.«

Die Terrassentür wurde aufgerissen, und Mimi stürmte herein. »Der Berg!«, rief sie. »Er rutscht ab! Wir müssen Matteo helfen und den Hunden.«

Hinter ihr kamen Romy und Fabio ins Zimmer. »Entschuldigt, dass wir hier so hereinplatzen«, sagte Fabio vollkommen außer Atem. »Aber wir müssen wirklich handeln. Die Kirche ist gefährdet. Und natürlich auch die Häuser der Canettis.«

Und dann ging alles ganz schnell. Danilo verständigte Dante, und dieser rief Nello zu Hilfe. Cosma war bei einem vierbeinigen Patienten in der Nähe von Ascona unterwegs und nicht zu erreichen.

»Wir sollten nicht zu viele sein«, entschied Danilo. »Wir brauchen auch Platz, um die fünf von dort oben herunterzutransportieren.« Deshalb wurde Mimi unter größtem Protest bei Mariella und Romy zurückgelassen. Am Ende machte sich ein kleiner Konvoi aus zwei Wagen mit Fabio und Dante sowie Danilo und Elisa auf den Weg hinauf zur Wallfahrtskirche. Zu Danilo und Elisa gesellte sich im letzten Moment auch noch Sven.

Beim Hochfahren war schon von Weitem deutlich eine ungeheure Masse an hellem Gestein oberhalb der Häuser zu sehen, die am Tag zuvor noch nicht da gewesen war. Elisa war sich nicht sicher, ob sich nicht auch die Silhouette des Berges verändert hatte. Oder bildete sie sich das nur ein? »Ist das jetzt ein Bergsturz?«, fragte sie atemlos.

Sie erhielt nicht gleich eine Antwort. Angespannt hielt Danilo den Kopf über das Lenkrad gesenkt, um besser nach oben sehen zu können. »Sieht so aus, ja. Da ist ein Teil der Bergflanke abgerutscht.« Er wies mit der Hand zu dem hellen Geröll. »Ich hoffe, das stürzt nicht plötzlich ins Tal. Dann kann so eine Gesteinsmasse nämlich ein richtig hohes Tempo erreichen.«

Vor ihnen raste Dante viel zu schnell über ein Viehgitter aus quer zur Fahrtrichtung in die Straße eingelassenen Metallstäben, das verhindern sollte, dass Tiere die Straße hinunterliefen. Danilo drosselte das Tempo. »Es hat keiner etwas davon, wenn uns die Achsen brechen«, brummte er.

»Da unten kommt Nello!« Elisa deutete aufgeregt auf einen gelben Traktor, der einige Serpentinen tiefer heraufttuckerte. Danilo atmete sichtlich auf. Elisa entdeckte zwei schwarze Punkte, die hinter dem Traktor herjagten. »Ich glaube, er bringt Hunde mit. Was wollen wir eigentlich tun, wenn wir oben sind?« Sie waren so hastig aufgebrochen, dass sie sich noch gar nicht beraten hatten.

»Das Wichtigste ist, dass wir sie alle dort wegholen«, sagte Danilo und beschleunigte nach dem Viehgitter wieder. »Mensch und Tier. Keiner weiß, ob das Geröll nicht alles niederwalzt.«

Elisa schwieg betroffen. Sie hatte Berge immer für eine solide Angelegenheit gehalten. Schließlich ruhten sie seit Jahrmillionen an ihrem Platz, jedenfalls hatte sie das gedacht. Dass ein Berg in Bewegung geraten könnte, war für sie neu. Und auf einmal fühlte sie sich unendlich klein, winziger als ein Zwerg angesichts dieser Masse an Materie. Besorgt ließ sie die Bergflanke nicht mehr aus den Augen.

Endlich waren sie oben. Es schien Elisa Jahre her, dass sie hier in freudiger Stimmung Glühwein getrunken und Würstchen gegessen hatten – und doch war es erst am Tag zuvor gewesen.

»Ich gehe hier nicht weg!«, hörte Elisa Carlo Canetti verzweifelt rufen, als sie aus dem Wagen stieg. Vor ihm stand ein Beamter, der mit ihm zu diskutieren schien. »Nehmt Matteo und die Frauen mit. Aber ich lass unsere Tiere nicht im Stich.«

»Dann geh ich auch nicht«, erklärte Daria.

»Wenn Sie nicht freiwillig gehen, muss ich die Polizei anfordern und Sie mit Gewalt …«

»Jetzt mal mit der Ruhe.« Dante machte eine beschwichtigende Geste. »Die Polizei werden wir wohl nicht brauchen. Bitte, Carlo. Du musst einsehen, dass hier unter diesen Umständen keiner bleiben kann. Auch du nicht.« Er nahm Simona einen Koffer ab, den sie aus ihrem Haus geschleppt hatte, und lud ihn in seinen Wagen.

»Und die Tiere?«

»Nello ist schon auf dem Weg hierher. Er wird dir helfen, die Schafe wegzutreiben.«

»Ohne Bianca geht das nicht.«

»*Wir* können doch helfen«, warf Elisa ein, blickte aber besorgt zum Berg hinauf.

»Ja«, pflichtete Sven ihr bei. »Sag uns, was wir tun müssen, dann treiben wir die Tiere zusammen vom Hof.«

»Wir helfen alle mit«, versicherte Fabio.

»Aber wohin?«, fragte der Alte verzweifelt.

Ein Grollen vom Berg her ließ alle aufmerken. Mit Entsetzen sah Elisa, dass die hellgraue Gesteinsmasse ein Stück näher gerückt war. »Ich fordere Sie hiermit alle auf, dieses Gebiet zu verlassen«, erklärte der Beamte mit Nachdruck.

»Er hat recht«, sagte Danilo entschlossen. »Packt zusammen,

was ihr mitnehmen wollt. Denkt an Unterlagen und Papiere, das ist das Wichtigste. Dann verteilt euch bitte auf die Autos.«

Eilig holten sie die Koffer und Taschen der Canettis aus ihren Häusern, und Fabio übernahm es, alles in den Fahrzeugen zu verstauen. Endlich tuckerte auch Nellos Traktor auf den Hof. Mit ihm jagten zwei große Hunde heran. Als er ausstieg, sorgte der junge Bauer mit einem einzigen Ruf dafür, dass sie zu ihm kamen und sich einen halben Schritt hinter ihm hielten. »Die Schafe treiben wir zu uns auf den Hof«, rief er ihnen zu. »Sind alle Tiere gesund und können laufen?«

»Ja«, antwortete Carlo. »Aber was machen wir mit Bianca und den Kleinen?«

»Die sind bei uns nicht gut aufgehoben«, erklärte Nello mit Blick auf seine Hunde.

»Wir können sie zu uns mitnehmen«, schlug Elisa vor.

»Ja, bei uns in der Werkstatt ist Platz«, sagte Danilo. »Also. Lasst uns keine Zeit verlieren.«

»Franco und ich treiben die Schafe zu Nellos Hof«, erklärte Carlo nun mit neuem Mut. »Simona und Daria, schafft ihr es, Bianca samt den Jungen in unseren Rover zu packen?«

»Ich helfe ihnen«, erklärte Fabio.

»Ich auch«, rief Matteo tapfer.

»Kannst du meinen Traktor übernehmen, Dante?«, fragte Nello. »Ich sollte beim Abtrieb dabei sein. Die Hunde hören nur auf mich.«

»Klar!« Dante war anzusehen, wie gern er diese Aufgabe übernahm. »Danilo, nimmst du dann meinen Wagen?«

»Ja! Und Elisa fährt unseren.«

Elisa nickte.

»Aber wo sollen wir denn hin?«, fragte Daria verzagt.

»Ihr könnt bei uns unterkommen«, schlug Elisa vor. »Die ganze Familie.«

»Wir rücken einfach zusammen«, stimmte Sven ihr zu. »Ich kann auch gern irgendwo auf einer Couch schlafen. Eure Familie sollte jetzt unbedingt zusammenbleiben.«

Elisa lächelte ihn dankbar an.

»Danke.« Daria drückte ihren Mann noch einmal fest an sich. Dann trieb Franco auch schon die Schafe aus dem Stall. Gemeinsam mit Nello und dessen Hütehunden formierte sich die kleine Herde rasch und zog den Hang bergab.

»Habt ihr alles?«, fragte Danilo Daria und Simona. Sie nickten.

»Sie sollten sich jetzt wirklich beeilen«, mahnte der Beamte.

»Aber Bianca und die Kleinen fehlen doch noch!« Matteo trat unruhig von einem Bein auf das andere und rannte dann voraus in den Stall.

»Sie sollten jetzt augenblicklich …«

»Jetzt helfen Sie halt mit«, fiel ihm Dante ins Wort. »Dann geht es schneller!«

Widerwillig folgte der Mann ihm in den Stall.

Die Hündin spürte die Unruhe. Sie hatte sich halb aufgerichtet und leckte nervös ihre Welpen ab. Ihre schützende Kiste zu verlassen, in der sie die Kleinen zur Welt gebracht hatte – dazu ließ sie sich jedoch nicht bewegen.

»Am besten tragen wir sie alle mitsamt der Kiste hinaus«, schlug Fabio vor.

»Wie stellst du dir das vor?« Dante musterte skeptisch das große Tier. »Bianca wiegt gut und gerne sechzig Kilo.«

»Sie wiegt achtundsechzig«, erklärte Daria und rang die Hände.

»Das werden wir zu fünft ja wohl schaffen!« Sven krempelte die Ärmel seines Pullovers hoch.

Mit vereinten Kräften hoben sie die Kiste an. Bianca knurrte Dante, der ihrem Kopf am nächsten war, unheilvoll an. Einen Moment lang wurde er unachtsam, und die Kiste geriet in Schieflage.

»Pass doch auf!«, presste Danilo zwischen den Zähnen hervor. »Matteo. Sieh zu, dass du Bianca beruhigst. Und du, Elisa, mach draußen bitte schon mal den Kofferraum auf.«

Elisa und Daria liefen aus dem Stall. Daria setzte sich ans Steuer des Rovers und fuhr ihn rückwärts direkt vor die Stalltür. Elisa öffnete den geräumigen Kofferraum.

»Hoffentlich ist das Ding nicht zu groß.« Besorgt sah Elisa sich nach den Männern um, die langsam mit ihrer schweren Last aus dem Stall kamen. Die Kiste passte, und Daria wollte gerade erleichtert den Kofferraum schließen, als Matteo angerannt kam, ein kleines weißes Bündel auf dem Arm.

»Das ist herausgefallen«, rief er und legte es zu den anderen. Bianca gab einen leisen Laut von sich und leckte das Hundebaby hingebungsvoll ab.

»Jetzt aber los.« Danilo verstaute die Wärmelampe, die er im Stall abgehängt hatte, auf dem Rücksitz. »Fabio, dein Wagen ist voll mit Gepäck. Wer fährt den Rover?«

»Das mach ich«, erklärte Simona.

»Dann steigen Daria und Matteo bei Elisa ein. Sven, kommst du mit mir? Wo ist Daria überhaupt?«

Auf einmal hörten sie die Glocke läuten. Das musste Daria sein, die auf ihre Weise Abschied von ihrem Zuhause nahm. Zwölf Schläge zählte Elisa, dann verstummte die Glocke. Für immer? Wer konnte das wissen?

Gefasst trat Daria aus dem Glockenturm und setzte sich in Danilos Wagen. Langsam setzte sich der Konvoi in Bewegung, das Schlusslicht bildete das Fahrzeug des Beamten. Im Rückspiegel konnte Elisa sehen, dass Daria immer wieder den Kopf drehte, um so lange wie möglich einen Blick auf ihr Heim zu erhaschen. Einen Arm hielt sie um Matteo gelegt, von dem Elisa nicht sagen konnte, ob er wirklich wusste, was dieser Exodus bedeuten konnte. Dass es möglicherweise ein Abschied für immer war. Für ihn schien das alles ein Abenteuer zu sein.

»Jetzt kann die Madonna zeigen, ob sie tatsächlich im Stande ist, Wunder zu vollbringen«, murmelte Daria und wandte sich von ihrem Zuhause ab. »Was soll aus uns werden, wenn der Berg sich das alles wirklich holt?«

Keiner antwortete. Elisa fühlte, wie Gänsehaut sich von ihrem Nacken aus über ihren gesamten Rücken ausbreitete. Man würde für die Familie Canetti sicherlich ein neues Zuhause finden, vermutlich würden auch die Behörden ihnen behilflich sein. Aber war das überhaupt möglich? Gab es das, ein neues Zuhause, für eine Familie, die seit Generationen an einem so besonderen Ort gelebt hatte? Wie es war, wenn ein einziger Moment das ganze bisherige Leben veränderte, das wusste Elisa selbst nur zu genau.

7
Weihnachtszauber

»Ob es ihnen hier gefällt?«, flüsterte Mimi.

Während Cosma ihre Veterinärtasche schloss, hockte sie mit Matteo im Ausstellungsraum der Geigenbauwerkstatt vor der Hundekiste und betrachteten die Welpen, die sich zu einem einzigen flauschig weißen Knäuel zusammengedrängt hatten. Nur hier und dort lugte eine kleine schwarze Nase oder ein Schwänzchen heraus. Auch Bianca hatte sich wieder beruhigt und blinzelte ab und zu unter ihren geschlossenen Lidern hervor. Elisa und Danilo hatten gerade die Wärmelampe über der Kiste aufgehängt, sodass die Kleinen es schön warm hatten.

»Es geht allen gut«, sagte Cosma. »Am besten lasst ihr sie jetzt in Ruhe.«

Mariella stand in der Tür. »Serafina hat angerufen. Wir sollen zum Essen kommen.«

Matteo sah noch mal nach dem Futter- und Trinknapf, beide waren gefüllt. Dann trottete er hinter Mimi hinaus in den Hof.

Joris hatte erstaunlich gelassen auf den Überraschungsbesuch reagiert. Er hatte kein einziges Mal gebellt, als Bianca den Kofferraum des Rovers verließ. Offenbar hatte die Hündin kein Verlangen danach, erneut in der schwankenden Kiste herumgetragen zu werden. Nachdem Joris und sie sich prüfend beschnuppert hatten, hatte sie allerdings aufmerksam den Transport ihrer Jungen in die Werkstatt überwacht.

Es war schon fast drei Uhr, und nicht nur Elisas Magen knurrte mächtig. Was für ein Weihnachten, dachte sie, als sie durch den nassen Park zur Villa hochgingen. Wenigstens regnete es nicht mehr, und hin und wieder blitzten ein paar Sonnenstrahlen durch die Wolken. Alle waren bedrückt, sogar Mimi, deren Mund selten stillstand, plauderte nicht mit Matteo, sondern ging stumm neben ihm her.

Es gab eine Stelle im Park, von der aus die Wallfahrtskirche durch die kahlen Gipfel der Bäume gerade so zu erkennen war. Elisa verriet den anderen nichts davon und ging wie zufällig dort vorbei. Beim Anblick des weiß getünchten Turms war ihre Erleichterung grenzenlos. Allerdings war dahinter auch die graue Masse des Bergsturzes sichtbar. Der Berg rückte also nach wie vor unaufhaltsam näher.

In der Villa stieg Elisa ein feiner Duft in die Nase, den sie nicht einordnen konnte. Im Esszimmer hatte Serafina den großen Tisch bis zum äußersten Anschlag ausgezogen, und Simona nahm einen Stapel Teller aus der Anrichte, während Franco Stühle aus dem Musikzimmer hereintrug.

»Seid ihr alle gut untergekommen?«, fragte Elisa. Sven war ohne zu zögern in Elisas früheres Kinderzimmer umgezogen, um Platz für die Canettis zu machen. Und Anna hatte mitgeholfen, die Betten neu zu beziehen.

»Ja, vielen Dank.« Simona seufzte tief auf. »Es ist so schön hier, großartiger als in einem noblen Hotel.«

»Mir kommt alles vor wie ein seltsamer Traum«, sagte Daria und ließ sich auf einen der Stühle sinken.

»Geht es den Schafen bei Nello gut?«

»Ja«, antwortete Carlo erleichtert und traurig zugleich. »Ihr seid alle so großherzig.«

Simona betrachtete ratlos den Tellerstapel. »Weiß eigentlich jemand, wie viele wir sind?«

»Nein«, antwortete Elisa mit einem Lachen. »Aber das macht nichts. Wir verteilen die Teller einfach, wenn alle da sind.« Sie ging in die Küche, wo Serafina mit hochrotem Kopf in einem brodelnden Topf rührte.

»Heute Abend gibt es ja die Gans«, sagte sie zu Elisa. »Aber die ist natürlich noch nicht fertig. Zum Glück hab ich gestern noch eine Linsensuppe vorbereitet, falls jemand zwischendurch Hunger bekommt.« Sie hob den Deckel vom Topf, und ein verführerischer Duft entströmte ihm. »Ich denke, fürs Erste werden alle satt.«

»Es riecht wunderbar.« Elisa schnupperte. »Was hast du denn da reingetan?«

»Geröstete Kastanien«, verriet Serafina. »Das ist ein altes Rezept meiner Familie.«

»Und zur Not haben wir hier noch etwas zum Nachtisch.« Mariella stellte einen Korb *Spampezie* auf den Küchentisch. »Übrigens ist Bruno vorhin angekommen«, fügte sie hinzu, als sei es das Selbstverständlichste der Welt. Doch das Leuchten in ihren Augen war nicht zu übersehen.

Bruno erschien gemeinsam mit Danilo und Natascha, und Elisa begrüßte ihn herzlich. Es dauerte noch eine Weile, bis alle versammelt waren. Als Elisa sah, wie bedrückt die Familie Canetti war und wie aufgeregt alle durcheinanderredeten, beschloss sie, etwas zu tun, was sie an ihrem Großvater stets so bewundert hatte. Also nahm sie eine Gabel und schlug gegen ihr Glas.

»Ich möchte euch alle willkommen heißen«, sagte sie, und die anderen verstummten, wandten sich überrascht zu ihr. Elisa konnte sich nicht erinnern, wann sie je eine Rede gehalten hatte, doch jetzt gab es kein Zurück. »In Zeiten, wo es Einzelnen schlecht geht, ist es das Gebot der Stunde zusammenzuhalten. Gestern, als wir vor eurem Haus im Regen standen, habt ihr uns die Tür geöffnet. Heute ist dieses Haus auch euer Haus. Noch vor einem Tag hätte keiner von uns gedacht, was heute passieren könnte. So wie keiner von uns heute weiß, wann er einmal die Hilfe der anderen braucht.« Sie schaute in die Runde, und ihr Blick blieb an Adrien hängen. Er sah sie an, als hätte sie ihn mit ihren Worten mitten ins Herz getroffen. »Also lasst uns das Beste hoffen, solange dort oben die Kirche noch steht. Und nun einen guten Appetit.«

»Steht die Kirche wirklich noch?«, fragte Daria Elisa leise, als sie ihren Teller mit Linsensuppe in Empfang nahm. »Oder hast du das nur so gesagt?«

»Man kann sie vom Park aus sehen«, verriet Elisa. »Als wir hochkamen, war sie noch da.«

Die Augen der älteren Frau leuchteten hoffnungsvoll auf. »Die Stelle musst du mir nachher mal zeigen«, bat sie.

Elisa nickte. »Jetzt lasst uns essen. Ihr müsst doch genauso hungrig sein wie ich.«

Serafinas leckere Linsensuppe und das gemeinsame Essen taten ihnen allen gut, und selbst Carlo konnte die Bedrohung, die über seinem Anwesen schwebte, für kurze Zeit beiseiteschieben, er war mit Sven und Bruno in ein Gespräch vertieft. Nachdem Elisa Daria allerdings die Stelle im Park gezeigt hatte, ging sie mit Carlo immer wieder hinaus, um nachzusehen, wie es um den Berg stand.

Gegen sechs Uhr abends, als sich die Dämmerung bereits leicht über die Villa legte, hatten sich alle im Musikzimmer unter der großen Tanne versammelt.

»Jetzt hat Mimi noch nicht einmal mein Geburtstagsgeschenk ausgepackt«, sagte Fabio und sah sich nach seinem Töchterchen um.

»Wo ist sie denn?« Die Kleine war nirgendwo zu sehen.

»Matteo fehlt auch. Sicher sind die zwei bei Bianca«, meinte Daria.

»Nein, da sind sie nicht«, erwiderte Mariella besorgt. »Ich hab eben nachgesehen, als ich Mimis Päckchen geholt habe.«

Erschrocken sprang Romy auf und suchte die Kinder in der ganzen Villa, während Fabio durch den Park lief und dabei immer wieder ihre Namen rief.

»Wo können sie denn sein?« Verzweifelt rang Mariella die Hände. »Ich hätte nie gedacht, dass sie die Hündin und ihre zwölf Welpen allein lassen würde.«

»Zwölf?«, fragte Cosma überrascht. »Es sind elf.«

»Nein, natürlich sind es zwölf«, erwiderte Daria.

»Als ich sie vorhin untersucht habe, waren es nur elf. Da bin ich mir sicher.«

Elisa durchfuhr ein Schreck. »Oh mein Gott«, sagte sie. »Wenn ein Hundebaby fehlt, dann …«

»Dann sind sie es suchen gegangen«, sagte Carlo. »Aber wo …«

»Kann es sein, dass ihr eines zurückgelassen habt?«, fragte Franco.

Dante verneinte vehement, Elisa jedoch sah wieder die schwankende Hundekiste vor sich, als die Männer sie angehoben hatten. Und Matteo, der ein kleines Hündchen hinterhergetragen hatte.

»Es ist vielleicht noch oben«, sagte sie. »Und die Kinder sind losgezogen, es zu holen.«

Den Bruchteil einer Sekunde schienen alle wie gelähmt. Dann riss Mariella die Terrassentür weit auf, so als könnte sie von dort aus die Kinder am Berg sehen. Ein unheilvolles Grollen kam aus der Richtung, wo sie Mimi und Matteo vermuteten.

»*Madonna*«, flüsterte Simona erschrocken, und Romy stürzte ins Foyer.

»Was hast du vor?«, fragte Elisa, die ihr gemeinsam mit Fabio und Danilo gefolgt war.

»Was ich vorhabe?«, wiederholte Romy mit sich überschlagender Stimme, während sie in ihre Stiefel schlüpfte. »Sie suchen natürlich.«

»Kennst du denn den Weg hinauf zur Wallfahrtskirche?«, fragte Danilo sie in ruhigem Ton.

»*Ich* kenne ihn.« Fabio nahm seinen Mantel vom Haken. »Beruhig dich, Romy. Wir finden sie. Ganz bestimmt.«

Sie vereinbarten, dass Romy und Fabio mit Stablampen ausgestattet den Fußweg nehmen und Elisa und Danilo mit dem Wagen die Straße absuchen würden.

»Ich komme auch mit«, sagte Carlo bestimmt. »Wenn mein Enkel und …«

»Matteo kennt doch auch die Abkürzung durch die Klamm«, fiel Franco ihm ins Wort. »Ich verwette meinen Hut, dass er die genommen hat, um schneller oben zu sein.«

»Dann geh du die Abkürzung«, bestimmte sein Vater. »Aber nicht allein. Das ist ein gefährlicher Weg nach all dem Regen.«

»Ich kann mit ihm gehen.« Alle sahen Adrien ungläubig an.

»Adrien, nein, ich glaube nicht, dass …«, begann Elisa, aber der Franzose ließ sie nicht ausreden.

»Ich bin seit meiner Kindheit Gebirgswanderungen gewöhnt«, erklärte er. »Du weißt das nicht, aber ich bin in den französischen Alpen aufgewachsen. Bei Grenoble. Ich hole nur eben meine Bergschuhe.«

Sprachlos sah Elisa zu, wie Adrien die Treppe hinauflief. Konnte sie das verantworten? Und wenn ihm bei dieser Aktion etwas passierte, schließlich war seine Hand verletzt? Was würde Niklas jetzt sagen, fragte sie sich. Und auf einmal war sie sich sicher: Er hätte den »Jungen«, wie er ihn genannt hätte, gelobt und losgeschickt. Als Adrien wenig später mit festen Schuhen in seiner gesunden Hand zurückkam, nahm Elisa sie ihm wortlos ab und half ihm, sie anzuziehen. Dann schlüpfte auch sie in ihren Mantel, um mit Danilo die Straße nach den Kindern abzusuchen, während Bruno darauf bestand, Matteos Großvater zu begleiten.

Die Schleusen des Himmels hatten sich wieder geöffnet, und es regnete in Strömen. Im Schritttempo fuhr Danilo die Straße hinauf, hielt mehrfach an, damit sie mit ihrer Stablampe die Umgebung ableuchten konnten.

»Mimi«, rief Elisa immer wieder so laut sie konnte. »Matteo!« Doch der Regen schien ihre Stimme zu verschlucken und verwischte im spärlichen Licht der Dämmerung alle Konturen. Kurve um Kurve suchten sie nach den Kindern ab, einmal hielten sie am Straßenrand, um bei zwei großen, überhängenden Felsen nachzusehen, ob die beiden dort vielleicht Unterschlupf vor dem Regen gesucht hatten. Aber da war niemand. Nach einer gefühlten Ewigkeit kam die Kirche mit den beiden Häusern in Sicht. Danilo bremste.

»Was ist?«, fragte Elisa.

»Da vorne ist alles abgesperrt.«

Jetzt sah auch Elisa das weiß-rote Trassierband, das quer über die Straße gespannt war. »Na und?«, sagte sie. »Darauf können wir jetzt keine Rücksicht nehmen.«

»Es ist gefährlich weiterzufahren.«

»Dann gehen wir eben zu Fuß hoch.« Elisa hatte bereits die Wagentür geöffnet, als Danilo ihr die Hand auf die Schulter legte.

»Warte«, sagte er. »Lass mich allein gehen.«

»Nein«, begehrte Elisa auf. »Ich komme mit.«

»Aber ich will nicht …«

»Hör zu, wir haben keine Zeit zu verlieren.« Sie versuchte zu erkennen, wie nahe der Bergsturz schon gekommen war. Doch das war unmöglich. »Wenn Mimi dort oben ist, dann müssen wir sie rausholen.« Entschlossen stieg sie aus und rannte die Straße hinauf, stieg über das Absperrband und weiter hoch zum Haus der Canettis.

Sie hatte den Hof fast erreicht, als ihr ein unheilvolles Grollen entgegendrang. Kurz stockte Elisa, die gewaltige Walze aus Gestein schien erschreckend nah. Der weißgetünchte Glockenturm fing das ersterbende Licht und warf es zurück. Noch stand die Kirche. Also ging Elisa unbeirrt weiter bis zum Haus.

»Elisa! Warte!« Danilo schloss zu ihr auf.

»Dort!« Elisa deutete zum Stall der Canetti, wo sie glaubte, eine Bewegung wahrzunehmen.

»*Mamma*?«

Es war ein leiser, wimmernder Laut, aber Danilo hatte ihn offenbar auch gehört. »Mimi!«, schrie er.

Eine kleine Gestalt trat aus dem Schatten des Stalls. Die Zöpfe klebten klatschnass am Kopf. In ihren Armen hielt Mimi ein Bündel. »Das Baby«, stammelte sie, und Elisa bemerkte, dass ihr vor Kälte die Zähne klapperten.

»Wo ist Matteo?«, fragte Danilo. »Ist er auch hier?«

Mimi schüttelte den Kopf. Das malmende Geräusch schien nun noch näher.

»Wo ist er?«, stieß Elisa hervor.

»Er ist hingefallen.« Mimis Stimme klang ganz klein.

»Wo? Hier irgendwo?«

»Nein. Da unten.« Mimi wies den Berg hinunter. »Er hat gesagt, er kennt eine Abkürzung. Da sind wir lang.«

»Dann werden die anderen ihn finden«, sagte Danilo. »Lass uns von hier verschwinden.« Elisa wollte nach Mimis Hand greifen, doch sie hielt das kleine Bündel umklammert. »Hast du das Hundekind im Stall gefunden?«, fragte sie.

Mimi nickte, und Danilo nahm das Mädchen vorsichtig auf seine Arme. Während er hinunter zum Auto ging, darauf bedacht, auf den nassen Steinen nicht auszurutschen, konnte Elisa nicht anders, sie musste nach diesem steinernen Monster sehen, das sich ihnen mit solch furchteinflößenden Grollen näherte. Und da öffnete sich auf einmal ein Fenster in den Wolken. Der Mond brach hervor und enthüllte, was die Dunkelheit bislang verborgen hatte. Der halbe Berg, so schien es Elisa, war einfach abgestürzt und bewegte sich langsam und unaufhaltsam auf sie zu. Knirschend, alles zermalmend, was sich ihm in den Weg stellte. Und Elisa begriff, dass er in wenigen Minuten die Kirche erreichen und auch sie und die Häuser unter sich begraben würde.

»Elisa«, hörte sie Danilo mit Panik in der Stimme rufen.

Da wandte sie sich um und lief vor dem Steinmonster davon. Sie würden es schaffen, Danilo, Mimi und sie. Aber sie mussten sofort die anderen warnen und sie informieren, dass Matteo auf der Abkürzung irgendwohin gefallen war.

Zurück in der Villa untersuchte Cosma sogleich den Welpen. Er war schwach und ausgekühlt, doch sie hatte große Hoffnung, dass er überleben würde. Mehr Sorgen machten sie sich alle um Matteo. Denn die anderen kamen unverrichteter Dinge zurück.

»Wir haben ihn nicht gefunden«, stöhnte Matteos Vater und presste sich die Hände gegen die Schläfen. »Weißt du, wie es ausgesehen hat, dort an der Stelle, wo Matteo gestürzt ist?«

Mimi saß in eine Wolldecke gewickelt vor einer Tasse mit Honigmilch. Sie war bleich, und ihre Unterlippe zitterte. »Da waren lauter Felsen«, sagte sie. »Matteo ist ausgerutscht und in ein Loch gefallen. Er hat gesagt, ich soll weitergehen und das Baby retten.«

»Er ist in ein Loch gefallen?« Carlo sah aus, als würde er gleich die Nerven verlieren. »Wie sah das aus, das Loch?«

»Gib mir mein Geschenk«, sagte Mimi und sah Elisa flehentlich an. »Dann finden wir ihn.«

»Mein Sohn liegt da draußen irgendwo in einem Loch, und du willst ein Geschenk haben?«, brüllte Franco los.

»Ja!« Mimi starrte Franco verärgert an, dann wandte sie sich an Elisa. »Es ist in der Tasche von meinem Mantel.« Auf einmal glaubte Elisa zu verstehen. »Ihr hattet die Walkie-Talkies dabei?« Mimi nickte und verschränkte die Arme vor der Brust. »Und … Matteo hat das andere?«

»Ja!«, schrie Mimi ärgerlich. »Tut endlich was und sitzt nicht nur rum! Gib mir sofort mein Geschenk! Dann können wir Matteo anrufen.«

Eine halbe Stunde später war Matteo wohlbehalten zurück. Er war nass bis auf die Haut und hatte sich den Knöchel leicht verstaucht, den Cosma sogleich untersuchte und nach einem warmen Bad sorgsam bandagierte. Die Verletzung schien dem Jungen wenig auszumachen, so erleichtert war er, Mimi heil wiederzusehen, und vor allem darüber, dass es ihr gelungen war, das Hundebaby zu retten.

Der Duft der gebratenen Gans zog durch die Räume der Villa, und Serafina bat zu Tisch.

»Wie gut, dass ich das größte Exemplar genommen habe«, sagte sie mehr zu sich selbst, als Elisa ihr half, den riesigen Vogel aus dem Ofen zu heben.

»Hmmm, Rotkraut mit Knödeln.« Elisa schnupperte an den großen Töpfen, in denen es brodelte.

»Das hat der Professor eingeführt«, erklärte Serafina und hob mit einem Schaumlöffel die Knödel aus dem Wasser. »Er wollte unbedingt diese deutschen Gerichte. Kannst du die Schüssel ins Esszimmer bringen?«

Serafina hatte den Esstisch mit Mistelzweigen und zahlreichen Kerzen festlich gedeckt, deren Flammen sich in dem feinen Porzellan spiegelten, das sie zu diesem Anlass aus den Tiefen von Niklas' Schränken geholt hatte.

»Komm her zu mir«, bestimmte Mimi und zog Matteo an

ihre linke Seite. »Und Elisa dort. Sie ist ja jetzt die Chefin.« Sie wies auf den Stuhl am Kopfende des Tisches, der früher stets Niklas Eschbach vorbehalten gewesen war.

»So? Bin ich das?« Elisa schmunzelte. Und als sie sah, dass die anderen zögerten, fügte sie hinzu: »Am besten zeigst du auch den anderen, wo sie Platz nehmen können.«

Das ließ Mimi sich nicht zweimal sagen. Sie beorderte ihre Eltern zu ihrer Rechten und Simona und Franco neben Matteo, gefolgt von Daria und Carlo. Ohne zu zögern, nahm sie Anna an die Hand und führte sie zu Mariella, die sich bereits ihr schräg gegenüber gesetzt hatte. Zwischen ihr und Elisa waren noch zwei Plätze frei, dorthin führte Mimi Bruno und Danilo. Auf Annas andere Seite beorderte sie Adrien, gefolgt von Sven. Dante musste unbedingt zwischen seiner Schwester und Natascha sitzen. Blieb nur noch der Stuhl am anderen Tischende Elisa gegenüber. »Der ist für Serafina«, erklärte Mimi.

»Wie passend!« Die Haushälterin brachte gerade eine große Platte mit Stücken von der Gans. »Da hab ich es schön nah zur Küche.«

Mimis Tischordnung hatte die befangene Stimmung gelöst, alle langten mit großem Appetit zu. Erleichtert dachte Elisa, dass weder Mensch noch Tier zu Schaden gekommen war. Doch in den Augen der Canettis sah sie ihre eigene Sorge um deren Heim vielfach gespiegelt.

Nach dem Essen begaben sich alle ins Musikzimmer, das von den Lichtern des Christbaums mit goldenem Schein erfüllt war. Während Danilo Serafina half, Espresso für alle zu machen, nahm Carlo Elisa beiseite.

»Du hast den Bergsturz gesehen?«, fragte er.

»Ja«, antwortete sie niedergeschlagen.

»Er war direkt hinter der Kirche?«

Sie nickte. »Keine zwanzig Meter von ihr entfernt.«

Carlo ließ den Kopf hängen. Elisa wusste, was er dachte. Dass ihre Häuser inzwischen bestimmt von den Felsen verschlungen worden waren.

Die Tür ging auf, und Adrien kam herein. Mit seiner unversehrten linken Hand hielt er den Hals seines Cellos umfangen. »Hier«, sagte er und reichte es Elisa. »Ich würde so gerne endlich wieder seinen Klang hören. Magst du darauf spielen? Es war ja mal deins.«

Verblüfft nahm Elisa ihm das Instrument ab. Ihr Cello. Und doch schon so lange nicht mehr ihres. »Bist du dir sicher?«, fragte sie und wog das Cello in der Hand. Das Gewicht fühlte sich so vertraut an.

Adrien nickte. »Ich weiß, du spielst jetzt lieber auf der Campanula. Und das passt auch gut zu dir. Aber heute …«

»In Ordnung«, sagte Elisa und holte ihren Bogen. Dann zögerte sie erneut. Ihr wurde bewusst, dass sie seit damals nie wieder auf einem Cello gespielt hatte. Es war Danilos Campanula, die sie wieder zur Musik zurückgebracht hatte. Auf einem Cello zu spielen hatte sie bislang vermieden. »Aber … ich spiele nicht mehr so wie früher.«

Adrien entgegnete nichts. Umstandslos setzte er sich neben Matteo und Mimi auf den Teppich, wo Cosma ein paar Kissen verteilt hatte, denn für die vielen Gäste gab es an diesem Abend nicht ausreichend Sitzgelegenheiten.

Elisa schloss die Augen. War es nicht seltsam, dass das Cello gerade jetzt zu ihr zurückkehrte, wo es ihr nicht mehr so wichtig war? Es hatte eine Zeit gegeben, da hatte sie sich das sehnlichst gewünscht. Inzwischen war das Instrument so etwas wie ein alter Freund für sie, mit dem sie viel erlebt und den sie lange nicht gesehen hatte. Sie musste erst wieder ein Gefühl dafür bekommen.

Ohne mit dem Bogen über die Saiten zu streichen, bewegte sie die Finger auf dem Griffbrett, so als müsste sie die Töne suchen. Aber das war nicht der Fall. Es war wie ein stummer Dialog, eine Kontaktaufnahme. Dann war sie so weit.

Sie spielte das schlichte und auf der gesamten Welt beliebte Weihnachtslied *Stille Nacht, heilige Nacht,* und nach ein paar Tönen sang Mimi hingebungsvoll mit. Es dauerte nicht lange, und Daria fiel mit zitternder Stimme ein, dann Simona, Anna und Mariella und sogar Franco. Sie sangen in ihrer Sprache, *Astro del ciel, pargol divin* … Als Elisa aufblickte, sah sie, dass Carlo Tränen über die Wangen liefen, und doch lächelte er bei geschlossenen Augen. Fabio und Romy saßen nah beisammen, und wenn Elisa sich nicht täuschte, hielten sie sich an den Händen.

Nach einer Weile griff Sven nach seiner Geigen-Campanula und improvisierte eine Begleitung, und genau wie am Vortag verwoben sie die altbekannte Melodie zu einem Gespinst aus Umspielungen und Variationen. Sogar Adrien ließ seine schöne, volle Tenorstimme hören, *Ô nuit de paix, Sainte nuit, Dans le ciel L'astre luit,* sang er die französische Version dieses Liedes und Sven, ohne die Geige wegzulegen, auf Schwedisch

Stilla natt, heliga natt. Und Elisa dachte, dass sie unbedingt die Sprache ihres Vaters lernen wollte.

Sie sangen noch weitere Weihnachtslieder und teilten Besonderheiten des eigenen Landes mit den anderen. So lernte Elisa auch ein Lied im Tessiner Dialekt kennen, und Daria erzählte ein paar Weihnachtslegenden aus der Gegend.

Als sie spät in der Nacht auseinandergingen, waren sie alle erfüllt von einer Vertrautheit, obgleich sie so unerwartet vom Schicksal zusammengeführt worden und einander bis vor kurzem noch fremd gewesen waren. Der gemeinsam verlebte Weihnachtsabend hatte gutgetan, auch wenn allen das Herz schwer war angesichts der Ungewissheit, wie es mit der Familie Canetti weitergehen würde.

»Was für ein Weihnachtsfest«, sagte Danilo, als sie schließlich nach Hause fuhren. »Hättest du gedacht, dass dein Walkie-Talkie-Geschenk am Ende bei Matteos Rettung zum Einsatz kommen würde?«

»Ich hätte auch niemals geglaubt, dass Adrien mir sein Cello anbietet.«

»Du meinst *dein* Cello.« Danilo lächelte ihr zu und griff nach ihrer Hand.

»Mein altes Cello«, korrigierte Elisa schmunzelnd. »Und ich muss sagen, es ist noch immer gut.«

Sie schwiegen eine Weile. Dann sprach Elisa das aus, woran bestimmt alle dachten. »Glaubst du denn, dass jetzt da oben gar nichts mehr ist?«

»Du meinst die Kirche, die Häuser, die Ställe? Doch, es ist alles noch da«, sagte Danilo. »Auch wenn es der Berg unter sich begraben hat. In unserer Erinnerung wird es immer existieren.«

Sie hatten sich vorgenommen, am nächsten Tag auszuschlafen, aber seltsamerweise waren sowohl Elisa als auch Danilo am Weihnachtsmorgen schon früh wach.

»Lass uns zur Rosenholzvilla fahren«, schlug Danilo vor, als sie in der Küche im Stehen eine Tasse Kaffee tranken. »Irgendwie bin ich unruhig.«

»Mir geht es genauso.« Elisa leerte ihre Tasse. »Dabei ist es noch nicht einmal sieben.«

»Egal.« Danilo schlüpfte bereits in seine Kleider, und eine Viertelstunde später waren sie auf dem Weg.

Sie waren nicht die Einzigen, die schon auf waren. Carlo und Daria sprachen lebhaft miteinander, und Elisa vermutete, dass die beiden die ganze Nacht kein Auge zugemacht hatten.

»Es ist zu neblig«, erklärte Daria ihr und knetete nervös ihre Hände. »Man kann vom Park aus nichts erkennen.«

»Ich muss jetzt da hoch«, sagte Carlo nachdrücklich zu seiner Frau.

Elisa verstand ihn nur zu gut. »Wir kommen mit.« Sie konnte den Gedanken nicht ertragen, dass Carlo ganz allein vor der Gesteinsmasse stehen würde, die sein Heim begraben hatte.

»Dann lasst uns aufbrechen«, erwiderte Carlo.

Schweigend gingen sie zu Carlos Rover, im letzten Moment

schloss Daria sich ihnen an. Während der gesamten Fahrt sprachen sie kein Wort, die Anspannung war deutlich spürbar. Als sie die erste Kurve umrundeten, stieß Daria einen leisen Schrei aus. Die Spitze des Kirchturms war noch immer zu sehen. Elisa griff nach ihrer Hand und drückte sie stumm. Serpentine um Serpentine kam im Morgendunst deutlicher zutage, was dort oben geschehen war. Nämlich nichts! Die Häuser standen da wie am Tag zuvor, ebenso die Kirche.

Vor dem Absperrband parkte das Fahrzeug der Umweltbehörde, und auch Carlo hielt an. In stillem Einvernehmen stiegen sie genau wie Elisa am Abend zuvor über das Trassierband und gingen hinauf zu den Gebäuden. Dort stand der Beamte, das Messgerät in der Hand. Aber Elisa beachtete ihn nicht. Wie von einer unsichtbaren Macht angezogen ging sie bis zum Glockenturm.

»Das gibt es doch gar nicht«, murmelte sie. Die Wand aus hellgrauen Felsbrocken erhob sich direkt hinter dem Turm, keine Handbreit von ihm entfernt.

»Da bewegt sich nichts mehr«, hörte sie den Beamten sagen. »Die Gleitbewegung ist zum Stillstand gekommen.«

»Ein … Wunder …«, stammelte Daria. Auch bis kurz vor die Scheune hatte sich der Bergsturz vorgearbeitet, sie jedoch nicht berührt.

»Könnte man so sagen, ja.« Der Beamte nickte. Auch er schien beeindruckt von dem Bild, das sich ihnen bot: Ein riesiger Haufen Gestein, der Kirche und Häuser überragte, hatte sich bis dicht an sie herangeschoben und war dann zum Stillstand gekommen.

»Ist es denkbar, dass er erneut ins Rutschen kommt?«, fragte Danilo.

Der Beamte hob die Schultern. »Möglich ist vieles. Wir müssen weitere Messungen machen. Erst dann kann man abschließend ...«

»Aber wir können zurückkehren?«, fragte Daria.

»Warten wir noch ein paar Tage ab«, riet der Beamte. »Sicher ist sicher. Haben Sie einen Ort, wo Sie so lange bleiben können?«

»Ja, das haben sie«, antwortete Elisa an ihrer Stelle. »Ihr seid unsere Gäste, bis ihr gefahrlos zurückkehren könnt.«

Daria betrat ihr Haus wie jemand, der von einer langen Reise nach Hause kommt.

»Holen Sie raus, was Sie noch brauchen«, rief der Beamte und packte die Geräte in seine Tasche. »Und geben Sie mir Ihre Telefonnummern. Dann rufe ich an, sobald die Ergebnisse der Messungen vorliegen.«

»Und Sie sagen auch Bescheid, wann wir zurückkönnen?«, fragte Carlo.

»Auch das.«

Voller Freude lief Carlo zum Glockenturm und stieg hinauf. Und dann läutete er sein Glück in die Welt hinaus, mit einer solchen Inbrunst, wie er es vermutlich schon lange nicht mehr getan hatte.

Die Stimmung beim Frühstück war ausgelassen. Jeder half mit, den Tisch zu decken. Ständig läutete die Klingel, bis

Elisa entschied, die Tür offen zu lassen, sodass Cosma, Dante, Romy und Fabio mit einer quietschfidelen Mimi einfach hereinkommen konnten.

Denn Cosma hatte als Erstes nach dem geretteten Hundebaby gesehen und festgestellt, dass es sich prächtig erholt hatte.

Die Nachricht von dem Wunder, das die Wallfahrtskirche und die Häuser verschont gelassen hatte, sorgte bei jedem, der neu hinzukam, für ungläubiges Staunen. Adrien, Anna und Sven beschlossen auf der Stelle, sich selbst davon zu überzeugen, und als sie zurückkamen, berichteten sie, dass es sich schon herumgesprochen hatte. Viele aus der Gegend wollten mit eigenen Augen sehen, was dort oben geschehen war.

»Es ist ganz schön kalt geworden«, sagte Sven und rieb sich die klammen Hände.

»Wenn da oben so viele Schaulustige sind«, überlegte Carlo, »sollte ich dann nicht den Grill anwerfen und Glühwein ausschenken?«

»Heute ist Weihnachten«, sagte Daria. »Wir hatten genug Aufregung. Ich hab heute Morgen die Geschenke aus dem Haus geholt. Wollen wir sie nicht endlich verteilen?«

Elisa wollte ihr gerade zustimmen, als sie hinter sich eine tiefe, wohlbekannte Stimme vernahm: »Ich habe auch etwas mitgebracht«, sagte diese. »Oder besser jemanden.«

Plötzlich wurde es still. Alle starrten auf die Tür, und auch Elisa drehte sich langsam um. Konnte es wirklich sein, wie sie vermutete? Auch wenn die Stimme noch so ähnlich klang …

»Amadou«, rief sie verblüfft. Der lange vermisste Freund stand tatsächlich in der Tür. »Wo kommst denn du auf einmal her?«

»Aus dem Senegal natürlich«, antwortete Amadou mit dem für ihn typischen Lächeln. »Ich hoffe, ich bin noch willkommen?«

»Und ob du das bist!« Elisa schlang ihre Arme um ihn. Er war ja so viel größer als sie. Da fiel ihr Blick auf die junge Frau, die neben ihm hereinschlüpfte.

»Darf ich vorstellen?«, sagte er und wies auf die hübsche Afrikanerin, die sie mit erwartungsvollen Augen musterte. »Das ist Youma. Ich hab sie mitgebracht, damit sie hier mithelfen kann. Sie ist Krankenschwester, und zwar eine richtig gute.«

»Willkommen, Youma.« Elisa schüttelte der Frau verwirrt die Hand und sah sich dann nach Cosma um. Die stand bleich wie die Wand neben dem Christbaum und sah erschrocken von Amadou zu Youma und wieder zurück. O mein Gott, fuhr es Elisa durch den Kopf. Hatte Amadou am Ende mit Youma seine Freundin mitgebracht? Oder gar seine Frau? »Wie geht es deinen Schwestern?«, fragte Elisa, um neutralen Boden zu gewinnen.

»Unseren Schwestern geht es gut«, sagte Youma in perfektem Italienisch. »Amadou hat für uns alle gut gesorgt. Ich hatte den Wunsch mitzukommen, mein Bruder hat so viel von euch erzählt. Ich hoffe, es gibt Arbeit für mich.«

Elisa fiel ein Stein vom Herzen. Und noch einer, als Amadou zu Cosma ging und sie in seine Arme schloss.

»Ich bin lange weggewesen«, sagte er schlicht. »Aber ich hatte gute Gründe.«

»Das hoffe ich doch sehr, du Schuft«, gab Cosma in

zärtlichem Ton zurück. Dann zog sie ihn an sich, so fest, als wollte sie ihn nie wieder loslassen.

»Ich verstehe überhaupt nichts mehr«, hörte Elisa Adrien sagen und musste lachen, so arrogant klang er jetzt wieder. Oder war das einfach seine Art, und sie hatte es immer falsch interpretiert?

»Amadou ist die gute Seele dieses Hauses«, sagte sie. »Das war schon zu Lebzeiten meines Großvaters so. Und so wird es nun auch wieder sein.«

»Seht mal!«, rief Mimi und wies aus den hohen Fenstertüren.

»Na endlich!« Matteo seufzte glücklich auf.

Dicke Schneeflocken fielen statt des Regens vom Himmel und hatten den Park bereits mit einer dicken Schicht Schnee bedeckt.

»Oh wie schön«, rief Mimi und zerrte an Romys und Fabios Arm. »Dürfen wir raus? Einen Schneemann bauen? Ach biiiitte!«

»Das bringt Glück«, tröstete Amadou Youma, die fasziniert das weiße Wunder da draußen bestaunte, in das die Kinder, fest in warme Jacken eingepackt, kurz darauf hinausliefen. »Schnee an deinem ersten Tag! Schwester, das ist ein guter Anfang.«

»Ich schlage vor, wir gehen alle raus.« Elisa gab Danilo zärtlich einen Kuss. »Nach all den Überraschungen ist so eine richtig wilde Schneeballschlacht genau das Richtige.«

»Welche Entschuldigung hatte Amadou für seine lange Abwesenheit eigentlich vorzubringen?« fragte Danilo Elisa, als sie nach diesem turbulenten Tag wieder zu Hause waren. »Cosma hat ihm immerhin nicht das Fell über die Ohren gezogen.«

»Er hat seine Diplome gemacht«, erklärte Elisa. »Erinnerst du dich? Amadou hatte keine seiner vielen Ausbildungen richtig abgeschlossen. Jetzt hat er das nachgeholt.«

»Das ist natürlich ein guter Grund«, räumte Danilo ein.

Sie waren beide noch von den Ereignissen so aufgewühlt, dass keiner von ihnen ans Schlafen dachte, obwohl es schon spät war. Im Kamin brannte ein Feuer, und sie saßen eng umschlungen auf ihrem Sofa.

»Glaubst du wirklich, dass es ein Wunder war?«, fragte Danilo. »Dort oben auf dem Berg?«

»Wer weiß.« Nachdenklich betrachtete Elisa den ungewöhnlichen Ring, den Danilo ihr geschenkt hatte. Er trug einen wunderschönen Mondstein, der im Licht bläulich schimmerte. Erst auf den zweiten Blick sah man, dass der Ring die Form einer kleinen Campanula hatte, deren Hals sich um den Finger legte, während der Stein in den Korpus eingelassen worden war. »Erstaunlich ist es schon, dass der Bergsturz genau vor den Häusern und der Kirche Halt gemacht hat.«

»Ich finde es bewundernswert, wie du all diese Überraschungen gemeistert hast.« Danilo zog sie noch näher an sich. »Egal, was passiert ist, du hast die Nerven bewahrt. Und als wir Mimi mit dem Hundebaby gefunden haben, warst du unglaublich mutig.«

»Ich hab einfach getan, was notwendig war«, antwortete Elisa überrascht. »Und das hat heute jeder.«

»Du hast es geschafft, aus diesen so unterschiedlichen und vom Zufall zusammengeführten Menschen eine Gemeinschaft zu bilden.« Danilo küsste sie. »Ich liebe dich«, raunte er, und in seiner Umarmung fiel endlich auch die letzte Anspannung von ihr ab.

ENDE

Nachwort

In diese Geschichte habe ich einige weihnachtliche Bräuche aus dem Tessin eingewoben. So findet zum Beispiel das vorweihnachtliche Glockenläuten tatsächlich in ähnlicher Art, wie ich es beschrieben habe, in dem Ort Morcote statt. Zu der fiktiven Ortschaft Morione, in der ich die Rosenholzvilla angesiedelt habe, hat mich übrigens das Bergdorf Vico Morcote inspiriert. Ebenso ist die Wallfahrtskirche eine Erfindung von mir, aber solche Kirchlein gibt es an den Hängen des Monte Arbóstora tatsächlich mit unterschiedlichen Ursprungslegenden.

Ein Bergsturz, der an ein Wunder grenzt, fand im Jahr 2023 in Brienz statt, auch hier stoppte der sogenannte Schuttstrom wenige Meter vor dem Dorf, was mich zu dieser Geschichte inspiriert hat.

Was die Campanula betrifft, möchte ich einmal mehr Helmut Bleffert, dem eigentlichen Erbauer dieses Instruments, meinen großen Dank aussprechen. Er hat mir ausdrücklich erlaubt, in meiner Romanreihe diese Erfindung dem von mir erdachten Instrumentenbauer Danilo Fasetti zuzuschreiben. Denn die

Campanula gibt es wirklich. Auf Helmut Blefferts Internetseite erfahrt ihr mehr darüber: www.helmut-bleffert.de

Die ROSENHOLZVILLA-Saga geht weiter.
Genießen Sie die Leseprobe
aus dem Abschlussband der Reihe.

Leseprobe aus

Tabea Bach

Entscheidung in der Rosenholzvilla

1
Dreikönigstag

So blau leuchtete der Himmel, und die schneebedeckten Berge erschienen Elisa zum Greifen nah. Die Luft war klar wie ein Kristall, in dem sich die Sonnenstrahlen brachen und schimmernde Reflexe auf die spiegelglatte Oberfläche des Luganer Sees warfen. Der lang anhaltende Regen, der sich an Weihnachten in Schnee verwandelt hatte, war längst vergessen, und nun machte die »Sonnenstube der Schweiz«, wie man das Tessin gerne nannte, ihrem Namen wieder alle Ehre.

Es war der 6. Januar, Elisa und Danilo waren auf dem Weg zu dem zauberhaften Ort Montagnola, wo Danilos Schwägerin mit ihrer sechsjährigen Tochter Mimi wohnte. Romy hatte die ganze Familie und auch die engsten Freunde zum Dreikönigsfest eingeladen und recht geheimnisvoll getan. Danilo und Elisa rätselten seit einer Weile, was der Grund dafür sein mochte.

»Vielleicht gibt es gar keinen besonderen Anlass für die Einladung, außer dass im Tessin heute der Tag der Bescherung ist«, sagte Danilo.

»Aber Romy hat uns noch nie zu sich nach Hause eingeladen, seit ich hier lebe«, wandte Elisa ein.

»Früher haben sie das öfter gemacht, sie und Fabio.« Danilo nahm eine der großen Kurven, die die Collina d'Oro hinaufführte. »Nach der Trennung war ihr wohl nicht mehr nach Feiern.«

Fabio hatte nicht nur Romy verlassen, sondern vor einem Dreivierteljahr auch den Familienbetrieb der Geigenbauerwerkstatt Fasetti und war nach Cremona zur Konkurrenz gegangen. Seither führte Danilo das Unternehmen allein und kam dabei oft an seine Grenzen. Vor allem, weil er seine Berufung nicht im Bau traditioneller Geigen, Bratschen und Celli sah. Auf der Suche nach dem perfekten Klang hatte er eigene Instrumente entwickelt, die er Campanulas nannte. Und im Grunde wollte er ausschließlich diese bauen.

Auch wenn es zwischen ihm und Fabio nicht immer einfach war, wünschte Danilo sich wie seine gesamte Familie sehnlichst, dass Fabio endlich zurückkäme: Romy aus Liebe, seine Tochter Mimi, weil sie ihren Vater vermisste, und Danilo und seine Mutter Mariella, weil sein Ausscheiden in der Geigenmanufaktur eine empfindliche Lücke hinterlassen hatte.

Sie bogen in die kleine Straße ein, die an den Hängen des »goldenen Hügels«, wie diese wunderschöne Gegend hieß, entlangführte, und hielten schließlich vor einem Bungalow aus den Siebzigerjahren, der sich angenehm in die Landschaft einfügte. Romys Vater, ein bekannter Maler, hatte ihn bauen lassen und nach seinem Tod seiner Tochter vererbt.

»Schau mal«, rief Elisa und wies auf den festlich geschmückten Eingang. Eine Girlande aus Tannenzweigen war um den Eingang geschlungen, verziert mit Schleifen und den

Blüten des weißen Weihnachtssterns. »Sieht das nicht aus wie die Dekoration für eine Hochzeit?«, fragte sie hoffnungsvoll. »Vielleicht gibt es heute ja tatsächlich eine freudige Neuigkeit.«

»Sehr hübsch«, meinte Danilo skeptisch, der an eine Versöhnung zwischen Fabio und Romy nicht recht glauben mochte, zu gut kannte er seinen Bruder, der äußerst stur sein konnte.

Er hob den Wäschekorb voller Geschenke aus dem Kofferraum und folgte Elisa. Sie hatten kaum auf die Klingel gedrückt, als die Tür auch schon aufgerissen wurde. Mimi stand auf der Schwelle und strahlte von einem Ohr zum anderen. Das Mädchen trug ein rosafarbenes Fantasiekleid, in dem es aussah wie eine kleine Fee, in seinen rotblonden Locken steckte eine weiße Weihnachtssternblüte.

»Da seid ihr ja endlich!«, rief sie. »*Nonna* Mariella, Bruno und Anna sind schon da!«, sprudelte sie los. »Was ist denn da drin?« Neugierig deutete sie auf den Korb, den Danilo in der Diele abstellte.

»Weihnachtsgeschenke«, antwortete Danilo.

»Auch eins für mich?«

Danilo tat so, als müsse er nachdenken. »Hmmm, hilf mir mal, Elisa«, sagte er. »Haben wir eigentlich für Mimi auch etwa dabei?«

»Ich glaube schon«, antwortete Elisa lachend, und Mimi knuffte ihren Lieblingsonkel sanft in die Seite, als sie merkte, dass er einen Spaß gemacht hatte.

»Ich hab auch Geschenke für euch«, verriet sie. »Aber jetzt kommt endlich rein. Es gibt nämlich eine ganz große wunderschöne Überraschung. Aber ich darf nichts verraten, hat *mamma* gesagt.« Vor Aufregung hüpfte sie auf und ab, sodass die Blüte in ihrem Haar in Schieflage geriet, und zog sie zum Wohnzimmer. »Ach, und wisst ihr eigentlich, dass Bruno Tuba spielen kann? Wenn er das macht, wackeln die Wände.«

Eine üppige Girlande aus dicht aneinandergebundenen weißen und goldenen Luftballons spannte sich im geräumigen Wohnzimmer von einer Seite der Decke zur anderen, dazwischen steckten grüne Zweige.

»Haben wir das nicht schön gemacht?« Mimi sah sie erwartungsvoll an.

»Traumhaft! Hast du dabei geholfen?«

Während Mimi fröhlich von den Mühen erzählte, all die Luftballons aufzublasen, schloss Elisa Romy in ihre Arme. Auch sie sah wunderschön aus in ihrem schlichten Kleid aus weißem Wollstoff. Ihr rotes Haar hatte sie locker aufgesteckt und an ihrem Hinterkopf, ebenso wie Mimi, eine weiße Blüte des Weihnachtssterns befestigt. Elisa fand, dass sie ein wenig aussah wie eine Braut. Elisa entdeckte nun auch Fabio, der in der eleganten Weste aus Seidenbrokat über dem weißen Stehkragenhemd ungewohnt feierlich wirkte.

»Komm, ich zeig dir unsere Krippe!« Mimi hatte Elisas Hand ergriffen und zog sie zu dem Christbaum, unter dem eine beeindruckende Krippenlandschaft aufgebaut war samt Bergen und Tälern und sogar einem See.

»Lass mich erst die anderen begrüßen«, bat Elisa und ging zu ihrer Mutter Anna, die ein wenig verloren am Fenster stand und die wundervolle Aussicht betrachtete. »Schön, dass du auch mitgekommen bist«, sagte sie zu ihr, denn noch am Tag zuvor war Anna unschlüssig gewesen, ob sie der Einladung folgen wollte.

Elisas Mutter machte gerade eine schwere Krise durch, privat wie geschäftlich, und Elisa hatte Verständnis dafür, dass sie sich immer wieder zurückzog, auch wenn das zu ihrer extrovertierten Art gar nicht passen wollte und Elisa sich im Stillen Sorgen um sie machte.

»Romy hat mich noch mal angerufen, und da hab ich nicht Nein sagen wollen«, antwortete Anna und küsste Elisa auf beide Wangen.

»Schade, dass wir dein Spielen verpasst haben!« Elisa hatte sich Mariella und deren Lebensgefährten Bruno zugewandt, der seine goldglänzende Tuba gerade in ihrem Instrumentenkoffer verstaute.

»Vielleicht können wir ihn später dazu überreden, das Ding noch mal hervorzuholen«, meinte Mariella und umarmte Elisa herzlich.

»Wenn es passt, warum nicht.« Auch Bruno, der erst seit ein paar Monaten zur Familie gehörte, schmunzelte über das ganze Gesicht.

»Lasst uns miteinander anstoßen.« Fabio nahm eine Flasche aus dem Eiskübel neben dem Couchtisch.

»Champagner?« Danilo machte große Augen, als er das Etikett las. »Zu Ehren der Könige? Oder gibt es noch was anderes zu feiern?«

»Oh ja!«, antwortete Romy mit einem strahlenden Lächeln, während Fabio geschickt den Verschluss löste. »Wir erzählen es euch gleich.« Mit einem Knall sprang der Korken aus dem Flaschenhals, und Fabio füllte die bereitgestellten Gläser.

»Wir haben ja eine etwas seltsame Familienkonstellation«, sagte er und reichte Danilo sein Glas. »Fünfunddreißig Jahre meines Lebens dachte ich, ich hätte lediglich einen Bruder. Dann erfahre ich, dass ich noch eine Schwester habe.« Mit einem herzlichen Lächeln schenkte er für Anna ein Glas ein und reichte es ihr. »Und Elisa, die sich jahrelang hier im Tessin rar gemacht hat, ist überraschenderweise meine Nichte – wer hätte das gedacht!« Erleichtert nahm Elisa ihr Glas aus seiner Hand entgegen. Sein unbefangenes Lächeln ließ keinen Zweifel mehr daran, dass er die Enttäuschung darüber, dass sie seine Gefühle zu Beginn ihres Kennenlernens nicht geteilt hatte, endgültig überwunden hatte.

»Was bedeutet, dass Elisa und Mimi Cousinen sind«, fügte Mariella hinzu.

»Und Anna Mimis Tante.«

»Moment, Moment«, warf Bruno ein. »Ich komm überhaupt nicht mehr mit.«

»Das ist auch nicht ganz einfach zu verstehen.« Mariella lehnte sich kaum merklich an ihn, und Elisa freute sich für sie, dass sie nach dem Tod ihres Mannes und dem Ableben ihrer zweiten großen Liebe, nämlich Elisas Großvater Niklas, mit Bruno ihr Glück gefunden hatte. »Obwohl es im Grunde ganz einfach ist. Oder nicht?« Kurz wurde es still, und nicht nur sie, auch die anderen sahen unwillkürlich zu Fabio. Er hatte seiner Mutter das Bekenntnis im vergangenen Jahr, dass er das Ergebnis einer kurzen Affäre mit Niklas Eschbach war, sehr verübelt.

Aber war diese Einladung nicht Zeichen genug, dass er bereit war, ihr zu verzeihen?

Es klingelte, und Mimi rannte zur Tür, um zu öffnen. Wenig später erschien Dante, gefolgt von Amadou, der eine große Schüssel trug.

»Hallo, alle zusammen.« Dante winkte fröhlich in die Runde. »Wo kann Amadou seinen köstlichen senegalesischen Kokosmilchreis abstellen?«, fragte er und gab Romy Wangenküsschen. »Ihr könnt von Glück reden, dass wir den Nachtisch nicht schon unterwegs aufgegessen haben. Das ganze Auto duftet nach den karamellisierten Mangostücken darin.«

»Oh, mein Lieblingsdessert! Du hast es tatsächlich gemacht!« Romy nahm Amadou die Schüssel ab und platzierte sie auf der Anrichte. »Tausend Dank!«

»Aber gerne.« Amadou lächelte breit. »Ich weiß doch, wie verrückt du nach dem bist.«

»Wo habt ihr Cosma gelassen? Und was ist mit deiner Schwester, Amadou?«, wollte Elisa wissen.

»Cosma muss noch kurz nach einem kranken Esel schauen«, erklärte Dante. »Und Youma wollte lieber in der Rosenholzvilla bleiben. Adrien geht es nicht so gut, da wollte sie ihn nicht allein lassen.«

»Was hat er denn?«, fragte Elisa alarmiert. Seit dem Tod ihres Großvaters war die Rosenholzvilla unter ihrer Leitung zu einem Erholungsort für ernsthaft erkrankte Musiker geworden, und Adrien war der erste Gast der Niklas-Eschbach-Stiftung.

»Youma sagt, die Wunde hat sich wieder entzündet«, erklärte Amadou. Er trug ein schwarzes *dashiki,* ein traditionelles, für Westafrika typisches Hemd mit silbernen Stickereien um den Halsausschnitt und dem locker über die Hose fallenden Saum. Elisa, die ihn täglich in seiner weißen Kleidung als Physiotherapeut sah, fand ihn in dieser Festtagskleidung einfach umwerfend. »Morgen sollten wir mit ihm zur Klinik, damit Dr. Fullner sich das noch mal anschaut.«

»Morgen kommen zwei weitere Gäste an«, erwiderte Elisa besorgt.

»Du brauchst nicht mitzukommen«, beruhigte Amadou sie. »Es reicht, wenn wir mit ihm hinfahren.«

»Was täten wir nur ohne euch beide.« Elisa seufzte, als sie an die Verantwortung dachte, die seit kurzem auf ihren Schultern ruhte. Und doch war die neue Aufgabe für sie mehr als erfüllend, schließlich kannte sie aus eigener leidvoller Erfahrung, wie es war, durch eine Krankheit jäh aus dem Berufsleben als Musikerin gerissen zu werden.

»Sollen wir auf Cosma warten?«, hörte sie Romy leise zu Fabio sagen.

»Ich glaube, wir können die anderen nicht länger auf die Folter spannen«, lautete seine Antwort.

Romy schlug mit einem Löffel sanft gegen ihr Glas, und sogleich verstummten alle.

»Wir möchten euch herzlich willkommen heißen«, sage Romy. Ihre Wangen waren gerötet, und ihre grünblauen Augen glänzten – Elisa hatte sie nie zuvor so schön gesehen. »Heute ist ein besonderer Tag.« Sie und Fabio wechselten einen kurzen Blick, und Mimi zappelte vor Aufregung neben Mariella auf und ab wie ein Gummiball. »Vor genau sieben Jahren haben wir geheiratet«, fuhr Romy fort.

»Und vor sechs kam ich auf die Welt«, rief Mimi dazwischen und brachte alle damit zum Lachen.

»Ja, das stimmt«, sagte Romy schmunzelnd. »Dich hat uns das Christkind gebracht. Und damals waren wir sehr glücklich. Aber dann …« Sie stockte. Mimis Einwurf hatte sie sichtlich aus dem Konzept gebracht.

»Wir wollen es kurz machen«, ergriff Fabio die Initiative und legte liebevoll den Arm um seine Frau. »Romy und ich sind jetzt wieder zusammen. Und wir dachten, das feiern wir am besten mit euch allen gemeinsam an unserem Hochzeitstag.«

»Und dieses Mal bin ich auch dabei«, verkündete Mimi zufrieden in den allgemeinen Jubel, der sich erhob.

Mariella stellte ihr Glas ab und ging zu Fabio. Sie nahm seinen Kopf zwischen ihre Hände und küsste ihren Sohn auf beide Wangen, dann tat sie dasselbe mit Romy. »Was für eine Freude«, sagte sie eins ums andere Mal. »Wie hab ich mir das gewünscht!« Dann hob sie Mimi hoch und drückte auch ihr viele kleine Küsse ins Gesicht.

Allen war die Erleichterung über diese, wie Elisa fand, längst überfällige gute Wendung deutlich anzusehen. Auch von ihr fiel eine Last ab, denn dass Fabio sich nach ihrer Ankunft im Tessin in sie verliebt hatte, war ein weiteres Hindernis zur Versöhnung zwischen Fabio und Romy geworden. Nun gratulierte sie den beiden von Herzen.

»Bei uns zu Hause im Senegal sagt man: *Einer allein kann*

kein Dach tragen«, sagte Amadou. »Es ist gut, dass ihr wieder ein Team seid.«

»Wir freuen uns auch schon auf ein Schweizer-senegalesisches Hochzeitsfest«, antwortete Romy schlagfertig. »Und hoffen, dass wir eingeladen werden.«

»Wozu wollt ihr eingeladen werden?« Keiner hatte Cosma bemerkt, die unterdessen hereingekommen war. Offenbar hatte Mimi die Tür offengelassen.

»Ich glaube, sie wollen, dass ich dir einen Antrag mache«, sagte Amadou mit einem Grinsen und legte seinen Arm um sie.

»Einen Antrag?« Cosma starrte ihn konsterniert an. »Du willst … heiraten?«

»Das habe ich nicht gesagt«, gab Amadou zurück. »Aber wir könnten darüber nachdenken, wenn du willst.«

»Was geht hier überhaupt vor?« Cosma sah sich verwirrt um.

»*Mamma* und mein Papa sind wieder zusammen«, erklärte Mimi wichtig. »Heute ist Hochzeitstag. Wann gibt es endlich was zu essen?«

Fabio hatte Käsefondue vorbereitet, und er zelebrierte dieses für die Schweiz so typische Gericht mit sichtlicher Freude. Bald duftete es aus drei brodelnden Fondue-Töpfen auf dem Tisch. Nachdem jeder seinen Platz eingenommen hatte, schenkte Fabio seinen Gästen weißen Chasselas ein, den köstlichen Gutedel, der an den Hängen unterhalb des Hauses wuchs.

Die Stimmung hätte besser nicht sein können, während sie Brotstücke in die cremige Käsemasse tunkten und sich Romys leckeren Radicchio-Salat schmecken ließen. Und doch hatte Elisa eine Menge Fragen, die sie allerdings nicht zu stellen wagte: Würde Fabio nun auch an den Luganer See zurückkehren? Oder hatte Romy vor, mit Mimi nach Cremona zu ziehen? Dass die beiden wieder zusammen waren, erfüllte alle mit Freude. Elisa glaubte Danilos Miene anzusehen, dass auch er über die möglichen Konsequenzen dieser Entscheidung nachdachte.

»Ich glaube, ich brauche eine kleine Pause, ehe ich Amadous Milchreis essen kann«, erklärte Elisa, als sie Romy half, das Fondue-Service abzuräumen.

»Das könnte eine gravierende Fehlentscheidung sein«, warnte Dante, der bereits die Dessertteller verteilte. »Du riskierst, dass nichts mehr übrig ist.«

»Lasst uns zuerst einen Kaffee trinken«, schlug Romy vor. »Schön klein und schwarz wie die Nacht. Das räumt den Magen wieder auf.«

»Was sind denn jetzt eure Pläne?«, fragte sie Romy, als sie beide draußen auf der sonnigen Terrasse ihren Kaffee tranken. Romy hatte das Rauchen wieder angefangen, und außer Elisa wollte sich keiner zu ihr gesellen.

»Wie meinst du das?«, fragte Romy und nahm einen tiefen Zug.

»Werdet ihr hier wohnen bleiben?«

Romy antwortete nicht gleich, sondern blies den Rauch in die andere Richtung. Dabei ließ sie sich unnötig viel Zeit.

»Ich bin da ganz offen«, sagte sie schließlich. »Fabio hat sich noch nicht entschlossen. Und Geigenbögen kann ich überall bauen.« Elisa schluckte. Ein Umzug nach Cremona war natürlich nicht das, was sich alle anderen erhofften.

»Aber dieses schöne Haus aufzugeben …«, wandte sie ein und hörte doch selbst, wie schwach dieses Argument klang.

»Weißt du, ich bin so wahnsinnig froh, dass Fabio sich noch einmal für eine gemeinsame Zukunft mit mir entschieden hat«, unterbrach Romy sie lächelnd. »Du kannst mir glauben, dass ich da wenige Bedingungen stelle, vor allem nicht, wo wir künftig leben werden.« Sie nahm einen weiteren Zug von ihrer Zigarette, und Elisa begann zu ahnen, dass sie immer noch nervös und angespannt war. »Natürlich würde ich am liebsten hierbleiben. Allein wegen Mimi. Sie hängt so an euch, vor allem an ihrer *nonna* Mariella.« Mit einem Lächeln drückte Romy den Zigarettenstummel in einem tönernen Untertopf aus, der für solche Zwecke bereitstand. »Wir werden sehen.« Offenbar überließ sie Fabio die Entscheidung, und Elisa wusste nicht, wie sie das finden sollte. Ihrer Meinung nach sollte man in einer Beziehung solch weitreichende Beschlüsse gemeinsam treffen. Doch sie schwieg.

Zurück im Esszimmer hatten sich die anderen bereits über den senegalesischen Kokosmilchreis mit den karamellisierten Mangostücken hergemacht, und hätte Amadou ihnen nicht zwei Portionen beiseitegestellt, wären sie tatsächlich leer ausgegangen.

»Und jetzt die Geschenke!«, rief Mimi und zog ihren Papa ausgelassen zum Christbaum. »Hier«, sagte sie und reichte ihm ein unförmiges Päckchen. »Das ist für dich.« Sie hatte in der *scuola materna* mithilfe der Lehrerin ein kleines Kuschelkissen für ihn genäht und mit einem aufgestickten Affengesicht verziert. »Da drauf kannst du dich ausruhen, wenn du müde bist«, sagte sie und betrachtete ihren Vater forschend aus strahlenden Augen. »Gefällt es dir?«

»Und wie mir das gefällt!«, antwortete Fabio gerührt und drehte und wendete das bunte Teil.

»Du musst mal dran schnuppern«, riet Mimi. »Ich hab es nämlich mit Lavendel aus *nonna* Mariellas Garten gefüllt. Riecht toll, oder?«

Fabio drückte seine Nase in das Kissen und atmete tief ein. »Es riecht klasse.« Er nahm sie liebevoll in seine Arme und gab ihr einen Kuss. »Möchtest du jetzt mein Geschenk auspacken?«

Er reichte ihr ein Paket, das Mimi ungestüm aufriss. Zum Vorschein kam eine überschlanke Puppe in rotem langem Rock und schwarzer Weste. Im Arm hielt sie eine Geige.

»Eine Barbie Geigerin«, rief Mimi freudig überrascht und schälte die Puppe aus ihrer Verpackung. »Ich hab gar nicht gewusst, dass es die auch gibt.«

»Gefällt sie dir?« Fabio zeigte seiner Tochter, wie sie die Arme der Puppe zurechtbiegen und ihr die kleine Kunststoffgeige unters Kinn klemmen konnte. »*Mamma* hat mir verraten, dass deine Freundin so eine hat.«

»Ja, aber keine mit einer Geige«, gab Mimi zurück. »Kann sie mit der auch richtig spielen?« Mimi versuchte, dem Instrument mit dem winzigen Bogen, der auch dabei lag, Töne zu entlocken. »Da sind ja gar keine richtigen Saiten dran!«

Irritiert befühlte sie das kleine Plastikteil. »Was ist denn das für eine Geige?«

»Eine Spielzeuggeige«, sagte Romy. »Schau mal, was für elegante Schuhe die Barbie anhat.« Doch Mimi zeigte wenig Interesse an den modischen Raffinessen der Barbie und musterte sie mit gerunzelter Stirn.

»Hier«, sagte Danilo und schob ein großes, schweres Paket in ihre Richtung. »Es gibt noch mehr Geschenke. Mach das mal auf.«

Mit einer Spur von Enttäuschung legte Mimi die Puppe zurück in ihre Schachtel und widmete sich Danilos Paket. Es dauerte eine Weile, bis sie erst das Papier und dann den Karton darunter geöffnet hatte. Dann machte sie kugelrunde Augen vor Staunen. Zum Vorschein kam ein Violinenkoffer.

»Ist das eine richtige Geige?«, fragte sie, und ihre Wangen färbten sich rosig.

»Mach auf, dann siehst du es«, entgegnete Danilo.

Ehrfürchtig öffnete Mimi die beiden Verschlüsse. Seit zwei Jahren nahm sie Geigenunterricht und hatte sich zu einem echten Talent entwickelt. »Ooohhhh«, machte sie und griff nach dem fragilen Hals des Instruments, das nun zutage kam. »Darf ich?«

»Sie gehört dir«, antwortete Danilo. »Deine neue Geigen-Campanula. Wie du es dir gewünscht hast.«

Es war eine wunderschöne Geige in Kindergröße geworden, auf die Danilo ganz besonders viel Mühe verwendet hatte. Anders als die auf der ganzen Welt berühmten Fasetti-Intrumente hatte er diese Achtelgeigen-Campanula nicht in dem üblichen dunklen Rotbraun lackiert, sondern in einem hell leuchtenden Orangeton, der wunderbar mit Mimis rotblondem Haar korrespondierte. Über dem wie eine Glockenblume geschwungenen Korpus hatte er zusätzlich zu den vier üblichen Spielsaiten noch zwölf weitere gespannt, die den Ton durch ihr reines Mitschwingen beim Musizieren bereicherten.

Das Mädchen zupfte an ihnen und horchte. Der Nachklang war enorm. Mimi spannte den Bogen, klemmte das Instrument unter ihr Kinn und begann zu spielen.

Sogleich verstummten die Gespräche. Alle Blicke ruhten auf dem Mädchen, das selbstvergessen unter dem Christbaum kniete und *Oh du fröhliche, oh du selige …* intonierte. So klein die Geigen-Campanula auch war, ihr Ton war enorm, und Mimi sah aus wie ein kleiner Weihnachtsengel. Als das Lied zu Ende war, klatschten die Erwachsenen Beifall, und Mimi sprang auf, um im Stehen sogleich eine weitere Melodie anzustimmen.

»Das Mädchen hat Talent«, sagte Anna anerkennend. Sie hatte früher selbst Violine gespielt, eine Profilaufbahn wäre für sie durchaus denkbar gewesen, wenn sie sich nicht für eine Karriere als Modemacherin entschieden hätte.

»Ich glaube, mit deinem Geschenk hast du voll ins Schwarze getroffen«, flüsterte Romy Danilo zu. »Sieh nur, wie hingebungsvoll sie spielt. Die Campanula ist dir aber auch wirklich gelungen. So ein unglaublicher Klang!«

Es war nun nicht mehr einfach, Mimi dazu zu überreden, auch die anderen Präsente auszupacken. Es wirkte fast, als brächte sie das aus purer Höflichkeit so schnell wie möglich hinter sich, um sich dann wieder Danilos Geigen-Campanula zu widmen. Und erst als sie alle am späten Nachmittag aufbrachen, um den Einzug der Heiligen Drei Könige zu sehen, der in einem benachbarten Dorf wie jedes Jahr festlich begangen wurde, legte sie das Instrument in seinen Koffer zurück.

»Freust du dich, Matteo wiederzusehen?« Mariella half Mimi, in ihre Stiefelchen zu schlüpfen.

»Ja, *mamma* hat gesagt, dass wir ihn bald besuchen werden.« Mimi zog sich die Mütze, die Mariella ihr zu Weihnachten gestrickt hatte, über die rotblonden Locken. »Ich möchte gern den neuen Berg hinter ihrem Haus sehen. Und natürlich die Hundebabys.«

»Konnten sie denn schon wieder zurück in ihre Häuser?«, fragte Dante, der ein paar Tage verreist gewesen war. An Heiligabend hatte die Familie Canetti in einer dramatischen Aktion evakuiert werden müssen. Ein Bergsturz hatte gedroht, ihr Zuhause zu verschütten, das hoch über der Rosenholzvilla bei einer Wallfahrtskirche gelegen war. Wie durch ein Wunder war die ungeheure Gesteinsmasse kaum einen Meter davor zum Stillstand gekommen.

»Ja, vorgestern sind sie heimgekehrt«, antwortete Elisa. »Es heißt, dass es jetzt dort oben wieder sicher ist.«

Über eine Woche lang hatten die Behörden Messungen angeordnet, um sicherzustellen, dass sich der Berg wirklich nicht mehr bewegte und die Häuser am Ende nicht doch noch unter sich begraben würde. So lange hatten die Canettis in der Rosenholzvilla Zuflucht gefunden.

Als sie nach einem kurzen Spaziergang das Nachbardorf erreichten, erkannten sie die Canettis schon von Weitem: Daria und Carlo, Matteos Großeltern, und Simona mit Franco, seine Eltern. Matteo selbst kam ihnen freudig entgegengerannt. In der Ferne hörte man Musik und das rhythmische Schlagen von Trommeln.

»Endlich!« Matteo war schon ganz aufgeregt. Und zu Mimi sagte er: »Komm, wir laufen hin!«

Nachdem Romy und Fabio es erlaubt hatten, nahm er Mimi an die Hand, und die beiden rannten die Gasse hinauf, aus der die Klänge kamen.

»Wie geht es euch?«, fragte Elisa Daria. Sie kannten sich zwar erst seit zwei Wochen, doch die Ereignisse hatte sie miteinander sehr vertraut werden lassen.

»Es ist alles bestens«, antwortete die Mittsechzigerin. »Wir müssen uns zwar erst daran gewöhnen, dass der Berg jetzt bis fast unter unsere Fenster reicht und die Weiden für unsere Schafe verschüttet sind. Aber das wird schon. Wir finden bestimmt andere Wiesen.«

»Fühlt ihr euch denn sicher?« Anna war ihre Besorgnis deutlich anzusehen.

Daria zuckte mit den Schultern. »Einmal müssen wir ja zurückkehren, oder?«, sagte sie. »Wir leben eben mit dem Berg.«

»Wenn die Behörden grünes Licht dafür geben, baggern wir mit Nellos Hilfe ein paar Meter von dem Geröll weg«, erklärte Carlo. »Es ist doch ein bisschen bedrückend, das direkt vor der Nase zu haben, kaum tritt man vors Haus.«

Elisa konnte das gut verstehen. Mit Schaudern erinnerte sie

sich an die Nacht, als der Gesteinsstrom unaufhaltsam näher gerückt war und sie und Danilo Mimi dort oben gefunden hatten.

»Zum Glück hat der Regen aufgehört«, sagte sie.

»Ja, darüber sind wir alle froh.« Danilo wies die Gasse hinauf. »Ich glaube, jetzt geht's los.«

Die Musik der *banda* wurde immer lauter, schon kamen die ersten Blechbläser der Truppe in Sicht. Dahinter erschienen hoch zu Ross Kaspar, Balthasar und Melchior in fantastischen, orientalisch anmutenden Gewändern und mit Turbanen, die zum Entzücken der sie begleitenden Kinder Bonbons in die Menge warfen.

»Den Melchior kenne ich«, verriet Dante mit einem Grinsen. »Im normalen Leben arbeitet er bei der Stadtverwaltung von Lugano.«

»Lass das nicht die Kinder hören«, bat Fabio schmunzelnd. »Mimi denkt noch immer, dass die Könige direkt aus dem Morgenland kommen.«

»Nein, das glaube ich nicht«, wandte Danilo ein. »Sie war ja dabei, als wir uns überlegt haben, zu welchem der vielen Umzüge wir gehen sollen. Ihr ist bestimmt klar, dass nicht alle diese Könige aus dem Morgenland stammen können.«

»Zumal sie in der *scuola materna* gelernt hat, dass das Ganze, wenn überhaupt, vor mehr als zweitausend Jahren stattgefunden hat.« Mariella musterte Fabio mit einem nachsichtigen Lächeln. »Aber es ist kein Wunder, dass du Mimis Entwicklung in den letzten Monaten nicht mehr so richtig mitbekommen hast. Du warst ja viel zu selten hier.«

Fabios Miene verdüsterte sich. Nahm er die Worte seiner Mutter als Vorwurf? Elisa wandte sich an Cosma, die mit Amadou und Simona ein paar Schritte abseits stand, denn es war ihr peinlich, Zeugin dieses Wortwechsels zu sein. Sie erkundigte sich nach dem Esel, den ihre Freundin an diesem Vormittag noch behandelt hatte, und plauderte mit Simona über Bianca, die weiße Pyrenäenberghündin und ihren sechs Wochen alten Wurf.

»Weißt du denn schon, ob Mimis Eltern ihr erlauben werden, das Hündchen zu nehmen, in das sie sich so verliebt hat?«, fragte Simona.

»Nein, keine Ahnung«, antwortete Elisa und dachte an Romys Worte vorhin auf der Terrasse. Ob Mimi einen Hund bekommen würde, hing sicher auch davon ab, wo die drei künftig ihren Lebensmittelpunkt aufschlagen würden.

Die Könige zogen nun direkt an ihnen vorbei, und die Musik wurde so ohrenbetäubend, dass eine Unterhaltung unmöglich war. Ein wahrer Regen an Bonbons ging über ihnen nieder, und Mimi zeigte ihnen juchzend ihre Ausbeute: Beide Taschen ihres Mäntelchens waren prall mit Süßigkeiten gefüllt, und Matteo, der so vorausschauend gewesen war, eine Jutetasche mitzubringen, bot daraus den Erwachsenen stolz von den Schokoriegeln an, die er ergattert hatte.

Wie alle anderen folgten auch sie dem Zug der Könige bis zum Rathaus, vor dem heißer Glühwein und geröstete Maroni angeboten wurden, und Bruno gab eine Runde von beidem für alle aus.

Als die Dämmerung heraufzog und Mimi zu frösteln

begann, verabschiedeten sie sich von den Canettis und spazierten durch die Weinberge zurück zu Romys Haus.

»Ihr kommt doch noch mit rein?«, fragte Romy, als sie vor dem Grundstück angelangt waren. Elisa war sich nicht ganz sicher, ob sie es wirklich so meinte oder nur aus Höflichkeit fragte.

»Gerne«, antwortete Mariella mit fester Stimme und wechselte einen raschen Blick mit Danilo, der ihr zunickte. »Wir haben ja noch einiges zu besprechen nach den schönen Neuigkeiten dieses Tages.«

»Vielen Dank, aber wir würden uns jetzt lieber verabschieden«, erklärte Cosma, die sich mit Amadou und ihrem Bruder offenbar darüber auf dem Weg verständigt hatte. Die Freunde hatten verstanden, dass Mariella und Danilo mit Fabio nun Dinge besprechen wollten, die nur die Familie etwas angingen.

»Ich schließe mich euch gern an, wenn ihr mich mitnehmen könnt«, sagte Anna rasch und verabschiedete sich ebenfalls.

Inzwischen war es dunkel geworden. Durch die großen Fenster im Wohnzimmer sah man die Lichter der Ortschaften auf der gegenüberliegenden Seite des Luganer Sees wie Perlenschnüre blinken. Romy schaltete die vielen kleinen Lämpchen ein, die die Krippe beleuchteten, und Mimi ging davor in die Hocke und begann, selbstvergessen mit den Schäfchen der Hirten, dem Ochs und Esel beim Stall zu spielen.

»Was darf ich euch anbieten?«, fragte Fabio, doch alle schüttelten den Kopf.

»Wir hatten heute genug Köstlichkeiten, vielen Dank«,

antwortete Mariella. »Aber ich habe ein paar Fragen. Oder genauer genommen nur eine: Wirst du zurückkommen?«

Fabio ließ sich in den Sessel neben Romy fallen. »Du meinst, hierher?«, fragte er.

»Du weißt genau, was ich meine. Wirst du deinen Platz in der Geigenbauerwerkstatt wieder einnehmen?«

Ein paar Sekunden lang war es mucksmäuschenstill im Raum. Elisa wagte kaum zu atmen. Fabios Rückkehr in den Familienbetrieb würde Danilo so viel bedeuten. Er könnte sich endlich wieder seinen eigenen Interessen widmen, Campanulas herstellen und weiterentwickeln, statt ausschließlich klassische Instrumente zu bauen. Zwar war das Verhältnis der beiden Brüder noch nie frei von Konflikten gewesen. Doch die Trennung hatte deutlich gemacht, dass sie zusammenstehen mussten, sollte die Firma Fasetti langfristig Bestand haben.

»Ich denke darüber nach, ja«, sagte Fabio schließlich.

»Was gibt es da zu überlegen?« Mariella sah ihren Sohn ungeduldig an.

»Oh, eine Menge«, gab Fabio bedächtig zurück. »Ich habe in Cremona einen Vertrag unterschrieben und bin Verpflichtungen eingegangen. Mal davon abgesehen, dass es nicht besonders fein wäre, den Meister dort nach kaum einem Jahr einfach so im Stich zu lassen, gibt es Kündigungsfristen.«

»Auf ein paar Monate mehr oder weniger kommt es mir nicht mehr an«, sagte Danilo begütigend. »Daran soll es nicht scheitern. Keiner verlangt von dir, dein Wort zu brechen. Aber wir brauchen dich. Das wird auch dein Meister in Cremona einsehen.«

»Wie stellst du dir das denn vor?«, fragte Mariella. »Jetzt, wo du, Romy und Mimi wieder eine Familie seid, wirst du doch nicht weiterhin Wochenende für Wochenende pendeln wollen. Oder?«

»Eine Zeit lang wird es nicht anders gehen«, antwortete Fabio und nahm Romys Hand. »Darüber haben wir natürlich schon gesprochen.«

»Also wie lautet deine Antwort?« Mariella hatte die Stirn gefurcht. »Ist es nur eine Frage der Zeit, dass du zurückkommst? Oder hast du dich noch nicht entschieden, ob du vielleicht doch in Cremona bleiben willst?« Und als Fabio nicht gleich antwortete, fügte sie leise und dringlich hinzu: »Spann mich nicht so auf die Folter. Nicht nach all den schrecklichen Monaten, die ich deinetwegen durchgemacht habe.«

Ein feiner Ton erhob sich. Mimi saß unter dem Weihnachtsbaum und spielte auf ihrem neuen Instrument, ihrer kleinen Campanula.

»Mimi«, fuhr Fabio ungeduldig auf. »Jetzt nicht.«

Der Ton erstarb. »Wieso darf ich nicht spielen?«, fragte sie und sah ihren Vater treuherzig an.

»Wir unterhalten uns gerade« gab Fabio zurück. »Und überhaupt. Wenn du unbedingt spielen willst, wieso holst du nicht deine richtige Geige?«

Mimi stutzte. »Aber das *ist* eine richtige Geige«, erwiderte sie. »Nur die Puppe hat keine richtige.« Unbeirrt spielte sie weiter.

»Mimi-Schatz«, unterbrach Romy sie freundlich, aber bestimmt, »Papa hat gerade erklärt, dass wir uns unterhalten wollen. Das geht nicht, wenn du so laut bist.«

»Ich bin nicht laut!« Mimis Augen blitzten empört. »Ich mache Musik. Und Onkel Danilo hat mir …«

»Das reicht jetzt, Mimi«, fiel ihr Fabio genervt ins Wort. »Leg die Campanula zurück in ihren Kasten.«

»Aber Fabio«, mahnte Mariella leise.

»Dann geh ich eben in mein Zimmer.« Beleidigt verließ Mimi den Raum, ihre Campanula unter dem Arm.

»Seit wann ist es in unserer Familie ›laut‹, wenn jemand Musik macht?« Mariella sah verständnislos von Romy zu ihrem Ältesten. »Weißt du nicht, dass du mit solchen Verboten dem Kind die Freude daran nehmen kannst?«

»Ich bin mir nicht sicher, ob es gut ist, Mimi so früh eine Campanula in die Hand zu geben«, gab Fabio zurück.

Danilo beugte sich vor, als hätte er nicht richtig gehört. »Wieso sollte das nicht gut sein?«

»Dieser große Hall wird verhindern, dass sie die klassische Technik richtig erlernt«, erklärte Fabio und verschränkte die Arme vor der Brust. »Es wäre besser gewesen, wenn du das vorher mit mir besprochen hättest.«

Danilo öffnete bereits den Mund, um zu antworten, doch Elisa kam ihm zuvor.

»Ich verstehe nicht, warum sie wegen der Campanula die Technik nicht richtig lernen sollte«, wandte sie ein. »Man spielt sie genau wie eine herkömmliche Geige, das weißt du doch.«

»Natürlich weiß ich das. Aber diese Campanulas klingen immer großartig, egal wie schlecht man auf ihnen spielt.«

»Das ist doch …«

»Schluss damit«, ging Mariella dazwischen. »Darum geht es jetzt gar nicht. Ich will wissen, ob du zurückkommst, Fabio.«

Wieder zögerte Fabio mit seiner Antwort. Aus Mimis Kinderzimmer drang der gedämpfte Klang der Campanula zu ihnen herüber. Sie spielt wirklich gut für ihr Alter, dachte Elisa. Hoffentlich verdirbt Fabio ihr nicht die Freude an ihrem Geschenk.

»Ich möchte gern zurückkommen«, sagte Fabio schließlich mit Bedacht. »Aber vorher müssen wir noch einiges miteinander klären, Danilo und ich. Denn so wie es vor meinem Weggang war, kann es nicht weitergehen.«

»Da hast du recht«, sagte Danilo erleichtert. »Wir müssen klare Absprachen treffen. Wollen wir darüber das nächste Mal reden, wenn du wieder hier bist? Ich meine ganz in Ruhe bei uns in der Werkstatt?«

»Das ist eine gute Idee«, antwortete Fabio versöhnlich.

»Wann wird das sein?« Mariella war sichtlich erleichtert und schenkte Danilo einen dankbaren Blick.

»Das kann ich noch nicht sagen. Wir haben ziemlich viel Arbeit, und ich muss demnächst zu einem Kunden nach New York.« Fabio schlug ein Bein über das andere. »Mal sehen, wann ich es einrichten kann.«

Ein Wintermärchen aus der Kamelien-gärtnerei in der Bretagne

Tabea Bach
WINTERLIEBE AUF DER
KAMELIEN-INSEL
Eine Geschichte aus
der Bretagne

144 Seiten
ISBN 978-3-404-17959-6

Vor dreißig Jahren lernte Rozenn auf der traditionellen bretonischen Feier zum Dreikönigstag den charmanten Maart kennen. Ein heftiger Wintersturm hielt die Festgesellschaft damals drei Tage lang auf der Kamelieninsel fest. In dieser verzauberten Zeit verliebten sich Rozenn und Maart unsterblich ineinander. Doch Maart war bereits gebunden. Als dreißig Jahre später wieder ein Januarsturm an der Küste tobt, stellt das Schicksal die Weichen für die beiden neu ...

»Ein richtig schöner, gefühlvoller Liebesroman.« Christiane Beel, BRIGITTE WIR über »Die Kamelien-Insel«

Lübbe